帥醫筆記

之10 層層隱秘

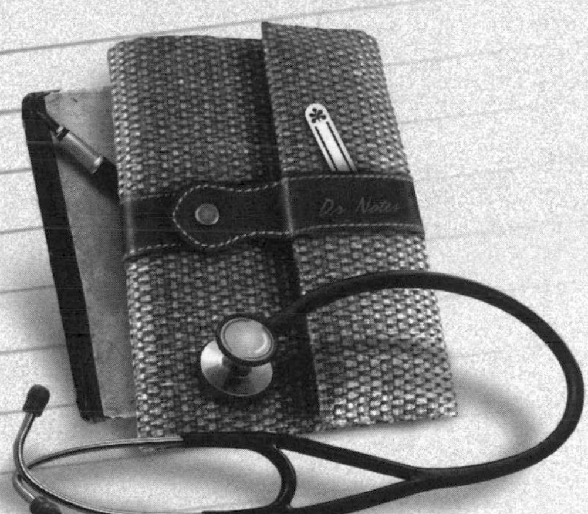

司徒浪◎著

我是一名婦科醫生。

每天，我都會接觸到女人那些難以啟齒的病痛，

我的職責便是為她們解除痛苦。

假如我看她們的笑話，出賣她們的隱私，

將她們的病痛當做閒聊話題，我就是個毫無廉恥的卑鄙小人。

我總認為女人比我們男人乾淨，她們不像我們男人，

為了競爭爾虞我詐，用心計、耍手腕，

她們心地善良單純，我因此本能地對她們產生憐愛。

我覺得女人真是一種奇怪的動物，她們有時候很難讓人理解。

女人的情感，就彷彿是天上飄著的一片雲，來無影去無蹤。

有時候你會覺得她們很變態，真的，她們固執起來的時候真的很變態。

說到底，男人或許是一種極端自私的動物，在他們眼中，只有獵物，沒有女人。

於是，許許多多說不清道不明、不便說也不能說的事情發生了。

而我只能將一切藏在心中，或者，寫入我的筆記……

——**馮笑手記**

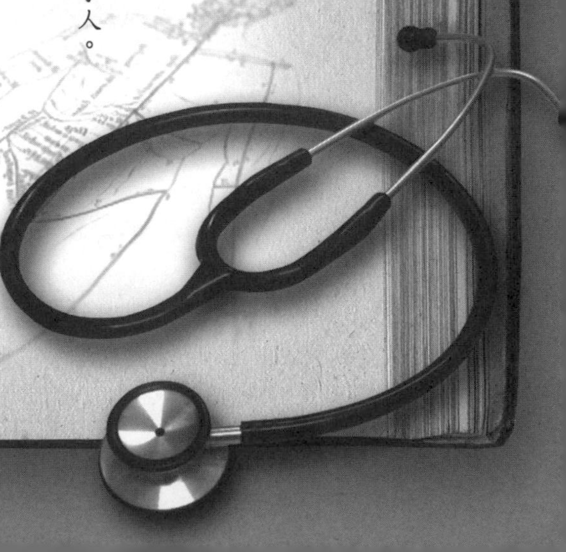

目錄

帥醫筆記

第一章

夢境裏的妻子

在夢裏，她憤憤地對我說：
「你整天在外面和女人鬼混，我要死給你看！
讓你傷心一輩子，我和趙姐已經見過面了，
她說她也是為了報復你才去死的。你看，她來了。」
隨即，我看到趙夢蕾，她模樣太可怕了，我嚇得大叫……
醒來後，發現全身都被汗水打濕了。

我接過報告來看，只見上面寫著：兩份標本顯示為直系近親血緣關係。ＤＮＡ鑒定，簡單說就是所有生物的ＤＮＡ具有遺傳性和非常低的重複性，所以其準確性非常高。我手上的這份報告完全可以說明陳圓與施燕妮的母女關係。

這一刻，我的心裏極其複雜，同時感到汗顏無比。

「怎麼樣？這下放心了吧？」童瑤在問我道。

我點頭，「嗯。」隨即霍然一驚，「你怎麼知道我檢測的是誰的標本？」

「本來不知道的，不過現在我知道了，你拿來的標本，肯定與你有密切的關係。」她笑道。

我尷尬地笑。

「呵呵！這是你的私事，也是你的隱私，我不想多問。馮笑，謝謝你的晚餐。咦？阿珠呢？怎麼這麼久還沒回來？」她笑著說，隨即詫異地問我道。

「她結賬去了。呵呵！可能順便上廁所去了吧？你們兩個人真厲害，喝了那麼多啤酒竟然一直不上廁所。」我笑著說。

「還別說，你這麼一講，我還真想去了。」她頓時也笑了起來。

她剛剛出去阿珠就進來了，「拿去，你的錢包。太便宜了，才幾百塊錢。不行，下次得去吃好東西。」

我笑道：「幾百塊不是錢啊？本來今天該你請客的。你這丫頭，得了便宜還賣乖。」

「你是有錢人，幾百塊錢對你來說是毛毛雨啦，對我來說可就不一樣了。」她笑著說道。

「這還不簡單？我給你介紹一位大款當老公得了。怎麼樣？」我和她開玩笑。

「我才不幹呢。聽說有錢人都不是什麼好東西。」她癟嘴道，忽然察覺到她自己話中的錯誤了，急忙歉意地對我說道：「馮笑，我可沒有說你啊，你是好東西。」

我哭笑不得，「怎麼拿東西來比喻我呢？我可不是什麼東西。啊……咳咳！你這個丫頭片子，這下好了，把我給繞進去了！」

她頓時大笑。

說實話，剛才在看了童瑤交給我的那份報告後，我心情很愉快，所以我也才有心情和阿珠這樣說笑。

我心想：陳圓其實還是很幸運的，至少她找到了自己真正的母親。

「我們走吧，不好意思，讓你們等久了。」這時童瑤進來了，她歉意地道。

阿珠卻笑道：「不行，我又要去了，早知道就不喝啤酒了。」她說完後，就朝外邊跑去。

「童瑤，你先走吧，一會兒我送她回家去。謝謝你了。」我笑著對童瑤說道。

「客氣了不是？」她不滿地道，隨即笑著對我說：「好吧，免得我打攪你們師兄妹的好事。」

我尷尬，「你別這樣說，她可是我導師的女兒，我把她當成小妹妹看待。」

「我知道。呵呵！我開玩笑的，馮笑，今天我很高興。再見。」

「童警官，今後請隨時吩咐。」

「你別這麼討厭好不好？」她媚了我一眼，「拜拜！」

我看著她離去的背影，不住地笑。

我發現女員警拋出的媚眼，竟然也是別具一格。

「她呢？那位警花。」阿珠回來了，她問我道。

「走了啊。我們也走吧。對了，你喝酒了，還是我來開車吧。」我說。

「馮笑，你老實交代，今天這個姓童的警花和你什麼關係？馮笑，看不出來啊，你身邊真的是美女如雲呢。」一會兒後，她問道。

「阿珠，別亂說。人家是員警，我前妻出事之前我們就認識了，她當時是主管那個案子的員警。其實你不知道，她雖然是女員警，但是為人很不錯的，給我幫過很多的忙呢。今天也是因為她幫了我的忙，所以我才請她吃飯的。什麼美女如雲啊？你還誇張些吧。不就她一個人嗎？」我說。

「我不是人啊？我不是美女啊？」她頓時不滿起來。

我看著她，「好像是美女啊。哈哈！阿珠，小丫頭片……你終於長大了。」

「馮笑，你這是故意在氣我。」她用手猛地拍車的前面。

我頓感心痛，「阿珠，輕點啊，我的車啊。」

她大笑，「哈哈！馮笑，我知道了，原來你這麼心痛你的車啊。」

我趕快不說話了。

「喂！你怎麼不說話了？」她卻沒完沒了。

我苦笑，「我還說什麼？你都要砸我的車了。阿珠，到了，你下車吧，我去看看陳圓，然後回家休息了。」

她即刻不說話了，但卻坐在車裏沒有動彈。

我詫異地問她：「阿珠，你怎麼了？」

「沒事，那我回去了。」她低聲地歎息了一聲，隨即打開了車門下了車。

我也下車，然後用遙控鎖上車門，「阿珠，你最近應該多和你媽媽在一起，我想，萬一她知道了你爸爸的事，可能會出麻煩事的。你要多關心她才是。」

「嗯。」她說。

「好了，你回去吧。有事情給我打電話啊。」我說。

「嗯。」她說，卻沒有離開的跡象。

我詫異地問她道：「怎麼？還有事情嗎？」

「沒事情，我想看著你離開。」她說。

我一怔，隨即狐疑地看了她一眼，發現她的眼睛在路燈的照射下亮晶晶的，好像在流淚似的，我心裏頓時緊張了起來，急忙轉身離去。

陳圓依舊昏迷。

我坐在她面前和她說了一會兒話，主要是告訴她我們孩子的情況。我對她說：「陳圓，今天我又去看了我們的兒子，他可以睜眼了，他小胳膊、小腿的樣了挺可愛的。對了，我給他取名字了，叫馮夢圓，你覺得怎麼樣？我的意思是希望他能夠經常和你在夢中相見。哦，對了，陳圓，我悄悄告訴你一個好消息，今天，我把你和施阿姨的頭髮拿去做ＤＮＡ鑒定了，結果證實，你就是她的女兒。你看你多幸福啊，竟然真的找到了自己的媽媽了。陳圓，你不但找到了自己的媽媽，而且還生了兒子，你幹嗎還要睡下去啊？陳圓，聽話啊，快點醒來吧……」

我和她說了很久的話，但她依然沒有任何反應，我歎息了一聲，起身離開。

回到家裏後，我剛剛洗完澡，就接到了蘇華的電話。

她告訴我說：「今天，我去找了那個女人的父母了，他們很震驚。」

「然後呢？」我問道。

「他們剛剛給我打了電話，說一起去找唐老師了，但好像沒什麼效果，因為那個助理的父親在電話裏很生氣的樣子。」她回答說。

「怎麼會這樣？」我低聲地說了一句。

「是啊，我也沒想到。怎麼辦？是不是需要採取下一個方案？」她問道。

我忽然想起今晚自己對阿珠的承諾，「好吧。不過，我最近沒時間，因為明天我父母要來。」

「我去辦吧。」她說。

「你出來多不方便啊。」我說。

「我這幾天準備一直住在你原先的那個家裏，孤兒院的事情，不是還有幾個人嗎？等我把事情辦完了再回去。」她說。

「這樣吧，我明天給你送點錢來，你看多少夠了？」我想了想後問道。

「兩萬吧。差不多了。」她說。

「好吧，就這樣。對了，已經證實了，陳圓就是施燕妮的女兒。這件事情還真湊巧。」我隨即說道。

「那個上官給你提供的樣本？」她問道。

「是的，陳圓的頭髮是我親自取的，樣本也是我親自送到省公安廳的法醫中心去檢測的，還是熟人幫忙做的。」我說。

「這樣也好，免得你整天疑神疑鬼的。」她說。

「我很慚愧。好啦，我要休息了，明天上班後我把錢給你送來。你抓緊時間去辦吧。」我說。

「憑笑……」她輕聲在叫我，我歎息著掛斷了電話。

晚上睡覺依然是噩夢不斷，夢境裏全是陳圓在責怪我。我記得在夢裏，她憤憤地對我說：「你整天在外面和那些女人鬼混，我就是要死給你看！然後讓你傷心一輩子。我和趙姐已經見過面了，她說她也是為了報復你才去死的。你看，她來了。」

隨即，我就看到了趙夢蕾，她的模樣太可怕了，黑色的眼圈，臉上一片青紫，舌頭長長的露出在嘴邊……我嚇得大叫……醒來後，發現全身都被汗水打濕了。

我當然不相信鬼神之類的東西，不過我知道自己為什麼會做這樣的噩夢：在我內心的深處，有著深深的內疚與恐懼。

第二天上班後，我到病房看了一圈，然後給自己管床的病人開具了當天的醫囑，隨即到醫院外面不遠處的銀行取了錢。

「你在什麼地方？」我打電話給蘇華。

「在你家裏啊。你上來吧。」她說。

「我就在樓下，錢已經取好了，你下來拿吧，我還得回去上班呢。」我說。

「……馮笑，」她沉默了一會兒後才說道，「我有那麼可怕嗎？」

「蘇華，你不知道。最近幾天，我每天晚上都做噩夢，老是夢見趙夢蕾和陳圓。我知道這是為什麼。以前我做得太過分了，所以，她們心裏都在責怪我。蘇華，我覺得自己不應該再那樣去做了，你也不要那樣，你還年輕，應該再去找自己的愛人才對。你說是嗎？」我說。

「馮笑，想不到你竟然這樣迷信。你是醫生呢，怎麼這樣啊？」她的聲音有些不滿。

「這不是迷信，是我自己後悔、內疚了。好了，別說了，你下來吧。那件事情你得抓緊時間辦才是。昨天阿珠告訴我說，她爸爸晚上連家都不回了，我真擔心導師發覺後，會出什麼問題。」我隨即說道。

「馮笑，有時候我覺得我自己真可笑。自己的事情都沒處理好，反而去管別人的閒事。」她說道，隨即在歎息。

「怎麼能說是閒事呢？導師的事情難道我們不該管嗎？你說是不是？」我說。

「好吧，我下來。」

一刻鐘後，她下來了，我把錢遞給了她。

「這是三萬，錢多些，你好處理點。具體的事情我沒法管，因為今天晚上我父母就要到了。蘇華，這件事情拜託你了。」

「馮笑，現在我忽然有一種不好的預感了。」她說，滿臉的擔憂，「不知道是怎麼的，我總覺得要出事情。」

我很是驚訝，「為什麼會有這樣的感覺？」

她搖頭道：「我也不知道。馮笑，你想想，導師難道真的一點察覺都沒有嗎？她是女人啊，自己的男人在外面出軌了，難道她一點感覺都沒有嗎？當年我老公在外面玩小姐，他一回家我就覺得不對勁。」

「你覺得怎麼不對勁的？」我詫異地問道。

「他回來後，不敢看我的眼睛。因為他心虛，還有愧疚。」她說。

我不禁搖頭，「你們女人可真夠敏感的。不過，導師可能不一樣吧，她和唐老師畢竟在一起生活的時間太長了，可能早就麻木了。況且，導師早已經過了更年期，她和唐老師之間應該早就沒有夫妻生活了。我想，她很可能沒有注意到那些情況。」

「你說的倒是很有道理。好吧，我抓緊時間去辦。」她說，「如果我找到的那個男人勾引上了唐老師的助理，我就即刻打電話通知唐老師，讓他親眼看看他的助理是什麼樣子的一個女人。」

「萬一那個女人不上鉤呢？」我說。

「那就說明她是真心喜歡唐老師的，也說明她是一個好女人。這樣的話，可就沒辦法了。不過，我覺得這種可能性很小。我不相信那麼年輕的一個女人，會喜歡上他那樣一個老頭子，你說是不是？」她說道。

「到時候，你最好不要親自給唐老師打電話，可以用公用電話，或者找過路人去打，最多一百塊錢就可以了。」我想了想後，說道。

她點頭。

第二章

惡毒的文字

她的這篇日記看得我毛骨悚然，我沒想到，
和藹可親的導師竟然會寫出這樣惡毒的文字。
不過，我從導師的文字看出她的憤怒，和內心深處的無奈。
猛然地，我的眼睛停留在這篇日記最後面的那句話上面：
我要殺了你！

下午四點鐘的時候，我給父親打了一個電話，他告訴我說，他和母親正在火車站準備上車。

「晚上十一點，我在火車站接你們。對了，在路上隨便吃點東西，你們到了後，我們一起吃晚飯。」我說，心裏忽然有了一種莫名其妙的激動。

「太晚了，讓你家的保姆做好飯菜吧，我們就在家裏吃飯。」父親卻說。

我不好反對，隨即給保姆打了電話。

這時候余敏來了，「馮大哥……」她敲門後進來，叫了我一聲。

現在，我的心情比較愉快，所以也就不怎麼排斥她了，「來，請坐吧，自己倒茶。」

她沒有倒茶，俏生生地直接就坐到了我的對面，「馮大哥，嫂子的情況怎麼樣了？」

我的心頓時黯然下來，「還是那樣，別說這個了。余敏，你找我什麼事情？」

「彩超已經給你們安裝好了，明天就可以使用了。馮大哥，嫂子的事情我很抱歉，早知道就不該讓你去重慶了。」她說。

我歎息，「去重慶是我自己的主意，和你有什麼關係呢？你們公司很不錯，動作夠快的啊。」

「你們要求的嘛。」她說，隨即看著我，我發現她欲言又止的樣子，隨即問她道：「有什麼事情就說吧。」

「是這樣的，我自己的公司馬上就要註冊好了。今天我聽我原來的公司在說，說你們還準備買幾樣小型設備，是不是這樣？」她問道。

我忽然想起我給護士長交辦的事情來，隨即問道：「怎麼？護士長對你們公司講過了？」

她點頭，「聽說你們需要兩台鐳射治療儀，宮腔鏡，還有多功能心電監護儀。馮大哥，你看，我的新公司有沒有機會做這幾樣東西呢？」

我心裏很是不悅，不是對余敏，而是對護士長：怎麼不跟我講一聲呢？竟然直接就把單子遞到那家公司去了！當然，我不可能在余敏面前發作和表露出來。

「這樣吧，我問問再說，好嗎？不過，你自己開公司的事情，最好暫時不要讓別人知道。」

「當然。」她高興地道。

「余敏，這件事情春節後再說吧，最近我家裏的事情太多了。」我隨即說道。

「可是……」她說道。

「你怎麼不明白呢？這件事情是護士長背著我幹的。很明顯，上次你們公司請她去北京的時候，給她做了工作。現在，我必須先做好科室的工作後。事情拖一下對你才有好處，明白嗎？」我說道，覺得她有些笨，心裏不禁擔憂她公司的未來。

「明白了，謝謝馮大哥。」她的臉上一片燦爛。

「好吧，就這樣。有消息我會告訴你的。」我說道，也是逐客的意思。

「馮大哥，晚上你有空嗎？」她卻似乎沒懂我的意思。

我不禁在心裏歎息，「我不是說了嗎？我最近很忙，晚上我要去火車站接我的父母。春節後再說吧。好嗎？」

「嗯。」她低聲地道，隨即離開。

我心裏很冒火，隨即拿起座機，「護士長，麻煩你馬上到我辦公室來一趟。」

她很快就過來了。

我調整了自己的情緒，笑著請她坐下，「護士長，聽說彩超明天就可以用了？」

「是啊，我已經跟明天門診的醫生們講了，科室裏也說了。」她笑著回答道。

我看著她，緩緩地說道：「可是，你為什麼不對我講呢？」

她一怔，隨即回答道：「馮主任，你不是最近家裏有事情嗎？你太忙了，所以我不方便來打攪你。」

「這麼大的事情，我總該知道吧？而且，明天我們開始收費了，這件事情，我總得給章院長彙報才行吧？你不告訴我，科室裏面就自顧自地開始收費了，你想過沒有？醫院領導會怎麼想？」我笑瞇瞇地問她道。

「財務處、設備處我都說好了的，沒問題了。」她說。

我頓時嚴肅起來，「護士長，財務處和設備處有多大的權力？這件事情，說到底就是醫院領導給我們的福利。雖然章院長已經同意了這件事情，但是，我們正式開始做這個項目之前，總得給領導打個招呼吧？假如你是醫院領導的話，會怎麼想這件事情？」

「對不起，我沒想那麼多。」護士長低聲地道。

「明天不忙開始這個項目，等我向章院長彙報了再說。護士長，不是我膽小怕事，我是希望我們科室能夠把這個項目長期做下去。如果按照我們現在這種搞法，醫院領導心裏肯定很窩火，說不定過幾天就會取消我們的這個項目了呢。如果真的是這樣的話，那可就麻煩了。」我隨即說道，痛心疾首的樣子。

「對不起，我確實沒有想到。」她頓時惶恐起來。

我要的就是這個效果，即刻地道：「科室的事情，我希望你隨時都告訴我，不然出了事情，今後誰負責？」

「好的。」她急忙地道，「對了，上次你佈置的科室，準備購買其他設備的事情，我已經問過醫生們了，同時也和一些器械公司聯繫過了，一會兒我把單子拿給你。」

我淡淡地道：「這件事情先放一下。護士長，你怎麼不好好想想啊？上次我只是讓你問問大家，做一下調查。科室購買設備的事情，說到底必須要通過醫院領導的同意才行，你怎麼就直接把單子交給器械公司了？你想過沒有？萬一醫院的領導知道了這件事情的話，會怎麼想？或許，他們本來同意的，結果一下子變成反對也難說呢。」

「哎呀！那怎麼辦？」她頓時被嚇住了，很惶恐的樣子。

「先放一下，過了春節後再說。到時候，我還要打一份報告給醫院的領導。」我說，想了想，隨即又道：「護士長，還有一件事情。彩超今後的收入必須留一部分出來。醫院裏的領導，我們必須私下給他們考慮才行。不然，他們憑什麼要讓我們搞這個項目？憑什麼會同意我們今後開新項目？」

「馮主任，器械公司那邊怎麼辦？萬一他們來問我們呢？」她惴惴地看著我問道。

「就說我們暫時不準備購買了。」我說，「護士長，你是知道的，科室購買設備這樣的事情，很快就會傳出去的。上次彩超的事情你忘了？才一天的時間，就來了那麼多公司推銷他們的產品，這次我看也很難說呢。」

「那……」她張大著嘴巴，很明顯，她是被嚇住了。

「這樣吧，別人問到這件事情的話，你就說是做調查，其他的什麼都不要說。護士長，今後這樣的事情，還是請你和我通個氣。你想，連我都不知道，我怎麼去對醫院領導解釋？」我歎息著說道。

她看著我，很緊張的樣子，「馮主任，已經有醫院領導問到你了？」

我朝她淡淡地笑，「你說呢？不然，我怎麼知道這些事情？你又沒告訴我。你放心吧，我已經告訴醫院的領導了，說我們只是調查一下。」

「馮主任，這太好了。謝謝你了。唉！我這人，一直待在醫院裏面，對社會上的那些事情一點都不懂。馮主任，你不要跟我計較啊。」她說道。

「今後注意就是了。」我笑著說，「對了，護士長，馬上要過春節了，你看是不是安排大家吃頓飯啊？順便也請一下醫院的領導。」

「可以的，但是經費怎麼處理？科室沒什麼錢啊。」她說。

「先用上次集資的錢墊上吧，不是還沒給那家公司付完嗎？這樣的花費是必要的，不但可以我們增強科室內部的團結，還可以溝通我們與領導之間的關係。地方不要安排得太高檔了，中檔的地方吧。對了，最好是去吃火鍋，既熱烈，又便宜，多好。」我說。

「好，我馬上去聯繫。」她說。

「找一家環境好點的火鍋店，確定下來後，我去請醫院的領導。」我再次吩咐道。

她連聲答應著。

下班後，我在醫院的食堂裏隨便吃了點東西，然後就去看孩子。

隨後，我到醫院對面的商場買了兩瓶五糧液，兩瓶茅台，然後給唐小牧打了個電話，「你先生在家嗎？」

「在啊。馮醫生啊，你有什麼事情嗎？」她說，很高興的語氣。

「我想來給你們拜個年。我最近忙得一塌糊塗，只有今天晚上有時間。」我說道。

「馮醫生，你幹嗎那麼客氣啊？對了，你吃飯沒有？」她問道。

「吃過了。晚上我還要去火車站接人呢，就這樣吧，我半小時後到。」我說，隨即掛斷了電話。

鄭大壯很高興，他非得拉住我喝酒。

我急忙地道：「今天不行。我還得去火車站接我的父母呢。改天吧，改天我請你喝酒。」

他這才罷了。

隨後，我們談到了專案的事情。

鄭大壯說：「你們院長要參與當然好。這也是沒辦法的事情，任何地方都是這樣，除非你今後熬出了頭。想當年，我最開始搞科研的時候，我們研究所的領導還不是每次都要把他們的名字掛上去？這就是我們國家的現實。有一次，我們研究所的黨委書記竟然也要在我的論文上面掛名，奶奶的！你知道他是學什麼的嗎？畜牧專業的！沒辦法啊，人家有權怎麼辦？這樣也好，至少專案容易通過，今後的科研經費也比較充足，認了吧……」

他越說越激動，甚至滿口的髒話，我忍不住地笑了起來。不過我覺得他說的倒是很有道理的。

我們閒聊了近一個小時，在我準備離開的時候，他拿出一樣東西來交給我，我問道：「這是什麼？」

他笑道：「你來給我拜年，我總不能讓你空手離開吧？這是我設計的超音波治療儀的相關資料和參數，今後，你根據我的這個設計分別找不同的廠家做出零件，然後組裝好就可以了。」

我很感動，「鄭老師，我可賺了啊，你這份資料可是太值錢了。」

「那倒是。」他大笑，「如果你心裏過意不去呢，今後就多給我送幾瓶酒來好了。」

我急忙地道：「沒問題，我去茅台酒廠給你買幾件回來。」

他卻隨即說道：「我開玩笑的，你別當真。小馮，我看你是一個真正幹事的人，這個專案如果研發成功的話，可是病人的福音啊。你說我們搞發明的人圖什麼？為了賺錢？還是為了出名？不是，我覺得不是的，金錢和名聲固然重要，但我們還是希望能給大家造福啊，你說是不是？按照佛教的說法，就是救人一命勝造七級浮屠，是積陰德的事情呢。」

他的話讓我深受感染，同時也讓我在心裏慚愧。我發現自己在認識上比他差了好幾個檔次。

離開鄭大壯家的時候，我的心情愉快極了，步履也輕鬆了許多。看了看時間，隨即開車前往火車站。

可是，讓我想不到的是，在我還沒有到達火車站的時候，就接到了阿珠的電話，她在電話裏號啕大哭，「馮大哥，我媽媽出事了……嗚嗚！」

我大驚，即刻將車靠邊停下，一時間沒有反應過來。

電話裏阿珠還在號啕大哭，這時候我才霍然清醒過來。

出事了？真的出事了？

「喂！阿珠，你別哭了，究竟怎麼回事？快告訴我！快啊！」我對著電話大聲地吼叫。

「我媽媽，我媽媽不見了。她留下了一張紙條。馮笑，怎麼辦啊？怎麼辦啊？嗚嗚！」她一邊大哭著一邊說道。

「你慢慢說，說清楚。什麼紙條？什麼不見了？」

剛才那一瞬間，我忽然有一種天要塌下來的感覺，因為我腦海裏忽然出現了一個可怕的畫面：導師從樓上跳下去，地上是她血糊糊的臉！

現在聽阿珠這樣一說，我心裏頓時寬鬆了一下。還好，只是出走了。

「馮笑，我媽媽在紙條上寫的是：別來找我。讓唐弢到另外那個世界來找我！馮笑，我媽媽讓我爸爸到另外那個世界去找他，媽媽肯定……嗚嗚！怎麼辦啊？」阿珠說道，哭聲小了些。

「你什麼時候發現那張紙條的？」我心裏一緊，急忙問道。

「我下班回家，和媽媽一起吃的晚飯，後來，我在自己的房間裏上網，剛才出來上廁所，發現媽媽房門是開著的，我叫了她一聲，沒聽到回答，這才發現她不在家。你不是讓我多注意她最近的情況嗎？嗚嗚！我進到她房間後，就發現紙條了。怎麼辦啊？馮笑，你說怎麼辦啊？」她又開始大哭起來。

我頓時為難起來……

「阿珠，你別急，我馬上過來。」一瞬後我對她說，隨即掛斷了電話。然後，我給父親撥打過去，「爸，我讓別人來接你們吧，我導師出事情了，我必須馬上去一趟。」

「出什麼事情了？」父親問道。

「我導師可能出大事了，我回家後再慢慢對您講。現在我必須馬上趕過去，我讓其他人來接您。您給媽媽解釋一下。」我說。

「我找不到你家住的地方，搞忘了……」父親說，我忽然發現他那邊信號不好起來，後面的話斷斷續續聽不清楚。不過我不著急了，因為我已經聯繫上他了。

隨即，我給小李打了電話，「麻煩你去火車站接一下我父母，一會兒，我把我父親的電話號碼發給你。麻煩你直接把他們接到我家裏面去，謝謝你。」

「好的。馮醫生，你等等，林總要和你說話。」原來他正和林易在一起。

隨即便聽見林易的聲音，「馮笑，你父母來怎麼不告訴我啊？」

「這幾天忙昏頭了，實在不好意思。」我急忙地說。

「出什麼事情了？你自己幹嗎不去接？你父母難得來一次，你應該親自去接才對。」他說道，其實是在批評我。

「我本來正在去火車站的路上，結果接到電話說，我導師出事情了，人命關天的大事情。所以我才給小李打電話的。」我說，說得有些小心翼翼。

這是我第一次在林易面前這樣說話，那個親子鑒定的結論讓我心懷愧疚，而且，也讓我忽然對他有了一種親情。現在我才發現，其實一直以來，我的潛意識對陳圓的身世也是有懷疑的，只不過我自己沒有發現罷了。

正因為如此，才使得我一直對他和施燕妮有著一種生疏的情緒。

而現在，就在我接聽林易電話的這一瞬間，我發現自己對他的態度發生了根本性的改變。

「哦，這樣啊，那你去吧。我親自去接你父母吧。畢竟我們是親家，派一個駕駛員去不大好。就這樣吧，你早點回家。」他說。

「這……」我想不到他會這樣安排，頓時有了一種發自內心的感動。

「就這樣。馮笑，你是一個講情義的人，你的導師出了這麼大的事情，你應該去，但是，你父母這邊也不應該怠慢啊。好了，你去吧。」他說。

「太感謝了。」我情不自禁地說了一句。

「和我客什麼氣啊？我們是一家人呢，你這孩子！」他大笑，隨即掛斷了電話。

我愣了一下。你這孩子！這可是他第一次這樣對我說話。

我心裏頓時溫暖了一下，同時覺得很不習慣。

愣神了一會兒，我將車調頭，同時撥打童瑤的電話，「童瑤，不好意思，這次真的要麻煩你了……」

半小時後，我和童瑤在阿珠所在的醫院大門口處見面了。

中途，我接到了父親打過來的電話，我告訴他，林易要親自去接他們。

父親說：「這不大好吧？」

我急忙地道：「爸，他堅持要來接你，而且，我最近悄悄把陳圓和施燕妮的頭髮拿去做了ＤＮＡ鑒定，已經確定她們兩人是母女關係。我們是真正的一家人，沒什麼的。」

父親這才沒再說什麼了。

我和童瑤分別在醫院的停車場停下車，然後，一起朝醫院後面的家屬區走去。在路上，我簡單地把導師丈夫的事情對她講述了一遍。

不過，我沒有告訴她我和蘇華密謀的事情。之後，我忽然想到了一件事情：一定要儘快告訴蘇華，讓她馬上停止去辦那件事情。對，明天就打電話給她。

阿珠一打開門就即刻抱住了我，她在我的懷裏失聲痛哭，「馮笑，你終於來了，你終於來了！」

我有些尷尬地看著童瑤，因為我發現，她正看著我怪怪地笑，急忙輕輕推了一下懷裏的阿珠，「阿珠，你別哭了，童警官也來了呢，你把情況給她講一下。」

她急忙地鬆開了我，隨即將那張紙條朝童瑤遞了過去，「童姐，你看。」

童瑤接過去看了後，問道：「阿珠，晚上你和你媽媽一起吃的飯是吧？」

「嗯。」阿珠點頭，依然在抽泣。

「晚飯是你媽媽做的嗎？」童瑤又問。

「嗯。」阿珠再次點頭。

「你們今天的晚餐和以前有什麼不一樣嗎？你媽媽在吃飯的時候對你說過些什麼話？」童瑤又問道。

「今天晚上媽媽做了很多菜，有我最喜歡吃的糖醋排骨、紅燒魚，還有其他好幾樣菜。吃飯的時候，媽媽還是和以前一樣嘮叨，我心裏不大耐煩，所以也沒怎麼去注意聽。」阿珠回答道。

「難道你沒有覺得，你媽媽今天和以前不一樣嗎？」童瑤詫異地問。

阿珠在流淚，「媽媽她平常嘮叨慣了，每次她說話我都會去想其他的事情，偶爾應付她一句。誰知道她今天……嗚嗚！媽媽……」

「你爸爸呢？你和你爸爸聯繫過沒有？」童瑤問道。

「我爸爸他，他的電話關機了。我打不通他的電話，所以才馬上給馮笑打的。」阿珠回答說。

童瑤歎息了一聲，隨即對阿珠和我說道：「我想去她房間看看。」

阿珠帶著童瑤去到了導師的房間，我跟在後面。

導師的房間裏有很多書，大多是婦產科方面的專業書籍，而且房間裏顯得有些凌亂。

「阿珠，你在什麼地方發現紙條的？」童瑤問道。

阿珠指了指書桌，「那上面。」

「你媽媽有記日記的習慣嗎？」童瑤又問。

「我……不知道。」阿珠一怔之後回答道。

「你媽媽以前最喜歡去什麼地方，你知道嗎？」童瑤接著又問。

「不知道。」阿珠的聲音變得很小聲。

童瑤的眼睛朝書桌的一個抽屜看去，我發現那個抽屜上面有一把鎖，不過現在那抽屜是開著的。

童瑤問：「你媽媽的這個抽屜平時都是鎖著的嗎？」

「這個……我很少到媽媽的房間來，沒有注意過這件事情。」阿珠低聲地說。

我不禁歎息：或許現代社會就是這樣，父母總是盡心盡力地關心自己的孩子，但是孩子們對自己的父母又關心了多少呢？

童瑤過去拉開了那個抽屜，她在翻看裏面的東西，嘴裏在說道：「阿珠，你看，這是你媽媽留給你的。」

我也看到了，抽屜裏面有存摺和銀行卡。它們整整齊齊地放在抽屜的最上面。這些存摺和銀行卡，讓我忽然想起了趙夢蕾來，心裏頓時一陣刺痛，隨即緩緩地退到了客廳的沙發處頹然地坐下。

我感到自己的眼前有些發黑，腦子裏面全是趙夢蕾的影子。

不一會兒，童瑤和阿珠出來了。

童瑤的手上拿著一本日記樣的東西，「找到了。咦？馮笑，你的臉色怎麼這麼難看？」

我苦笑著搖頭道：「我感覺不大舒服。」

「我還說請你幫我看看這本日記呢，看看你導師在這裏面提供了什麼線索沒有。我還準備繼續查看其他的地方。」童瑤對我說。

我朝她伸出手去，「你給我吧。」

「看來這件事情有些麻煩，你抓緊時間看，特別注意看最後面的。我馬上給隊裏面打電話，讓他們馬上去找阿珠的爸爸。阿珠，你馬上把你知道的，關於你爸爸的所有聯繫方式都給我，我們必須抓緊時間。」童瑤說。

我急忙去看手上的日記。

童瑤和阿珠去到了裏面的房間。

我最先看的是導師最後的一篇日記，發現竟然是寫給阿珠的——

阿珠，你看到媽媽這篇日記的時候，媽媽可能已經離開你了。家裏的錢不多，我把存摺和銀行卡都整理好了，全部放在抽屜裏面，密碼都改成了你的生日。

媽媽做人很失敗，竟然連你爸爸都沒有管住。媽媽是很講臉面的人，所以，我必須趁你爸爸的事情還沒有被別人發現之前，趕快離開這個世界。

本想過了這個春節後再走的，想和你好好過這最後一個春節，但是，媽媽實在等不了了，因為你爸爸越來越過分了。

阿珠，你已經長大了，我想過了，要擔心你、照顧你一輩子，是不可能的。好了，我不再嘮叨了，我知道你很討厭我嘮叨。

阿珠，今後你遇到什麼事情，就去找馮笑吧，他為人不錯。但是，你一定要離他遠一些，因為他已經結婚，而且有過兩次婚姻，關鍵是，他太容易討女孩子喜歡了，這對你很危險。

別恨你爸爸，也別恨我，希望你不要和我們一樣。

阿珠，你和我年輕的時候一樣漂亮，我現在後悔當初非得去找一個優秀男人，其實，生活平平淡淡才是最好的，所以，我希望你找一個平常的男人，越平常越好。那樣的話，他才會喜歡你一輩子。你的媽媽。

我看了看上面的時間，正是今天。

去看導師對我的那幾句評價：他為人不錯。但是你一定要離他遠一些……我心裏不禁苦笑。忽然明白童瑤為什麼要把這本日記給我看了，很明顯，她也看過導師這最後一篇日記了。

我苦笑著去看前面那篇，竟然是幾天前寫的，讓我感到駭然的是，導師的這篇日記，竟然全部是罵人的——

男人都很賤，都不是東西！

放棄我是你一生的錯，你現在也許沒感覺到，但是，總有一天你會後悔。你真是個大混蛋，我非常非常恨你，我恨不得馬上殺了你！哪怕你得了癌症、還剩下最後一天，我也不會同情你。因為你活該！就算一輛卡車在我面前撞倒你，我也不會送你去醫院，你浪費氧氣！儘管我們結婚這麼久沒吵過幾次架，你就以為我很遷就你這混蛋嗎？我真是後悔極了，我真傻！我年輕的時候差點有外遇，我真後悔沒讓你看到，沒能刺激你的自尊，我真懊悔！……我要殺了你！

她的這篇日記看得我毛骨悚然，我萬萬沒有想到，自己和藹可親的導師竟然會寫出這樣惡毒的文字。

不過，我可以從導師的文字裏看出她的憤怒，還有內心深處的那種無奈。

猛然地，我的眼睛停留在這篇日記最後的那句話上：我要殺了你！

我心裏頓時害怕起來，急忙去看前面更早的，發現記錄的都是醫院裏發生的事情，不，還有對阿珠的擔憂，其中還記錄了阿珠曾經和那位叫竇華明的外科醫生談戀愛的事。

我來不及細看這些文字，急忙再次將日記翻到那篇罵人的文字前面——

我的世界坍塌了。他竟然有了其他的女人。昨天一整天，腦子裏一直縈繞著他和別的女人亂搞的情景，想他們今天一定又在見面，或許還一起去看電影……

想想我和他年輕時的那些恩愛，我心裏越加難受。現在呢，就算我病死了，有人管，有人問嗎？每一個出軌的男人背後，都有一個可恨的女人，也許是我太軟弱了。不過，我是不會原諒他的，如果事情真是我想像的那樣，我一定要讓他身敗名裂，不，那樣還不夠，遠遠不夠……

「童瑤，童瑤！你快出來！」看到這裏，我再也忍不住，大叫了起來。

童瑤和阿珠即刻從裏面跑了出來。

童瑤問我道：「怎麼啦？你發現什麼了？」

「你看。」我把日記的兩處指給她們看，「可能導師她……」

阿珠驚叫了一聲，頓時昏倒在了地上。

我急忙過去將她橫抱起來，放在沙發上，隨即用力去摁她的人中。

童瑤歎息道：「馮笑，你分析得很對。我們必須馬上找到你老師才行，不然的話，很可能就會出大事的。」

「問題是，我們去什麼地方找她啊？」我問道。

「你馬上給你老師打個電話試試。」她說。

「阿珠肯定打過，關機了。」我說。

「你再試試。」童瑤道。

我急忙撥打，可是，讓我哭笑不得的是，我們即刻聽到手機鈴聲從茶几下面傳來，上面顯示的號碼正是我的！

童瑤苦笑，「看來她是早就做好一切準備了。是啊，到什麼地方去找她呢。」

「你趕快問問你們的人啊，問問他們找到了唐老師沒有。」我急忙提醒她。

她點頭，嘴裏卻在說道：「估計找不到了，按照你的分析，現在你老師應該正和他在一起。」她說著，同時在撥打電話，「怎麼樣？找到了沒有？……那個女人呢？你們找到了沒有？去那個女人家裏找啊？馬上去問，越快越好。」

我一直在聽童瑤講電話，這時候，忽然想起蘇華知道那個女人家住在什麼地方，於是，急忙對童瑤說道：「我一個朋友知道那個女人在哪裏。我馬上問問。」

童瑤詫異地看著我，隨即恍然大悟的樣子，「馮笑，你搞什麼名堂？原來你早就知道阿珠父親的事情了？」

我這才發現她竟然是一個非常聰明的女人，於是，不好意思地笑了笑，去看了一眼阿珠，「她告訴我的。」

「這樣啊。」她點頭，「你趕快把她弄醒啊。」

「醒了。不過，她現在身心俱疲，讓她睡一會兒吧。」我歎息著說，即刻給蘇華打電話。

「啊？怎麼會這樣？」蘇華很吃驚。

「唐老師那助理的家在哪裏？你趕快告訴我。」我急忙地問道，同時，我去到了導師的房間裏面，我不想讓童瑤聽見我們說話。

蘇華即刻告訴了我那女人的地址。

「那件事情你還沒有開始吧？」我低聲地問。

「沒呢，正在找。」她說。

「別找了，出事了。唉！好了，就這樣。」我急忙掛斷了電話。

童瑤馬上打了電話，隨即對我道：「馮笑，這樣不行，時間拖不起，這樣肯定會出大問題的。」

「可是，這麼大一個城市，到什麼地方去找啊？」我說，其實我也很著急。

「你把日記看了多少？」她問。

「仔細看過的就三、四篇的樣子。」我說。

她頓時生氣了，「你！真是的，我不是讓你趕快看完嗎？你搞什麼？給我！」

我很是慚愧，急忙去茶几處把那本日記拿來給了童瑤。

忽然，我的眼前一亮，「童瑤，你說導師假如要去找阿珠的爸爸的話，怎麼去找？她的手機不是在家裏嗎？」

「快把手機給我。」童瑤說。

我急忙去拿起手機來遞給了她。

她開始翻閱通話記錄，「馮笑，你看看，有阿珠爸爸的號碼嗎？」

「我不知道他的號碼。」我說。

「那你趕快把阿珠弄醒，讓她看看。」她說。

我急忙去推了幾下阿珠，「醒醒！阿珠，你快醒醒！」

「別叫她了，我知道他們去哪裏了，簡訊上面有。」童瑤忽然說道。

我大喜，「什麼地方？」

「就在醫院外邊的一家咖啡廳。你看。簡訊上說：晚上十點，醫院對面夜巴黎咖啡廳。這個簡訊是下午接收到的。」童瑤說道，「馮笑，你在這裏陪著阿珠，我馬上去那裏。」

「不，我也要去。」我忽然聽到阿珠在說，發現她已經從沙發上坐起來了。

「我們都去吧。阿珠去的話，說不一定還會起些作用。」我對童瑤建議道。

「好吧，我們馬上去。但願還不晚。」童瑤說道。

隨即便聽到她在打電話，「派幾個人馬上……」

第三章

彎路才是人生的常態

河流前進的過程中，總會遇到無法逾越的障礙，
它只有取彎路繞道而行。人生也是如此。
當人們遇到坎坷、挫折時，
把曲折的人生看做是種常態，不要悲觀失望，
把走彎路看成是前行的另一種形式、另一條途徑，
就可以像那些走彎路的河流一樣，抵達那遙遠的大海。

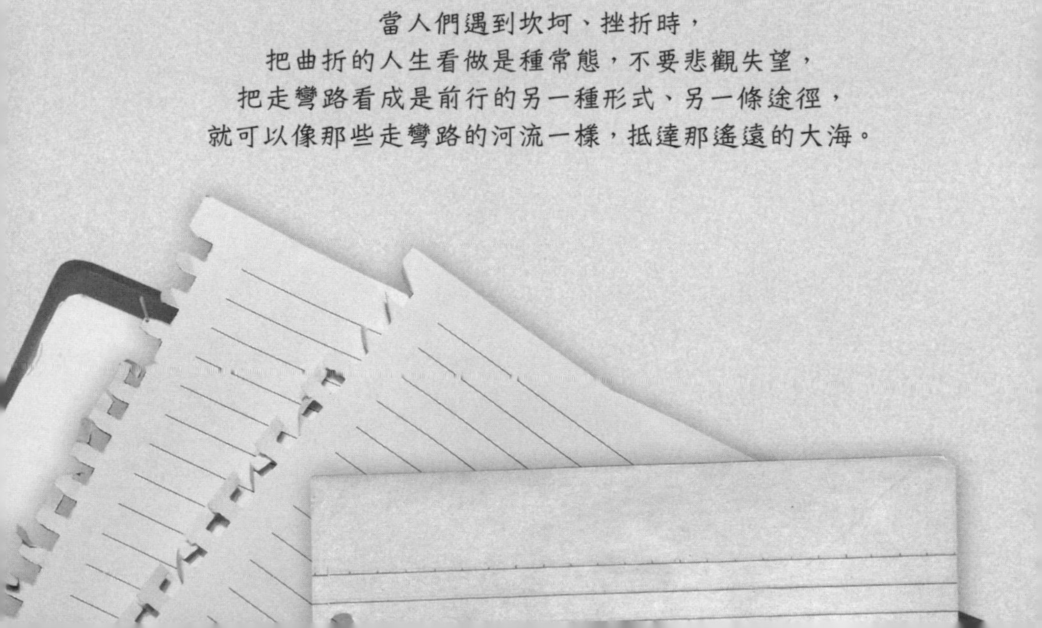

我們很快就到了夜巴黎咖啡廳的外面。

「馮笑，你先去看看他們坐在什麼地方，阿珠和我在後面。你去最好，你導師看到你還不至於那麼激動。」童瑤對我說。

我點頭，隨即朝裏面走了進去。

就站在咖啡廳的門口處，往裏面掃視了一圈，卻並沒有發現導師他們。

於是，我急忙去找到服務員，「你們這裏有雅間嗎？」

「沒有。」她回答。

我心裏頓時失望極了，正準備轉身出去，卻聽到服務員在對我說：「先生，你是來喝咖啡的吧？如果您覺得這裏不好的話，樓上的露台很不錯的。」

我心裏大喜，急忙問道：「樓上的露台現在有人嗎？」

「有啊，不過人不多，因為有些冷。」她說。

「那你快點帶我去。」我急忙地道。

服務員帶我到了樓梯口，「先生，就在這上面，您要喝什麼咖啡啊？我馬上去給您準備。」

我沒理她，快步朝上面跑去。

即刻就看見了導師。在大大的露台外邊的一張桌子處，坐著三個人。這裏就他們三個人，其餘的地方都是空著的。

導師獨自坐在一邊，她的對面是唐老師和一個女人。

露台上面的燈光有些暗淡，我看不清他們的表情。

我急忙轉身去叫童瑤。

「在上面，他們三個人都在。」我說。

阿珠聽到後，猛然朝裏面跑了去。

我大叫了她一聲，但是卻毫無用處。

「快，我們跟上去。」童瑤對我說。

我頓時反應了過來，跟著她就往裏面跑。

我和童瑤差不多與阿珠同時到達露台處。

阿珠大聲地哭著，朝她父母那裏跑去，「媽、爸！你們怎麼在這裏啊？」

「珠珠，你來幹什麼？馮笑，你怎麼也來了？」我隨即聽到了導師的聲音，但是，讓我感到奇怪的是，我發現她對面的唐老師和那個女人竟然一動沒動。

「不對勁。」我低聲對童瑤說了一聲，她可能也發現了異常，隨即朝那裏跑了過去。

導師端起咖啡喝了一口，隨即去撫摸了一下阿珠的頭髮，「本來我準備坐到凌晨再走的。你來了，也好，我現在就走吧。」

她的話剛剛說完，我就看見她猛然匍匐在了桌上。

阿珠發出了一聲慘厲的尖叫。

「不好！」我頓時明白了是怎麼回事，大聲叫了出來。

「媽，你怎麼了？你怎麼了嘛！」阿珠聲嘶力竭地在大叫著。

童瑤急忙將導師的頭抬了起來，歎息了一聲，「肯定是氰化鉀。」

我頓時呆立，全身彷彿被浸入到冰窟窿裏面了一樣！耳邊聽到童瑤繼續在說道：「這兩個人早死了，他們的背靠在椅子上面，所以看不出來，或許是她把他們擺放成這個樣子的。唉！我們還是來晚了。」

我頓時從震驚中清醒了過來，急忙去扶住正在不住叫喊著搖晃著導師的阿珠，「阿珠，你冷靜一下，冷靜一下啊……」

其實，我知道自己這樣做毫無意義，但是，在這種情況下，我還能做什麼呢？

童瑤在打電話，「你們到了沒有？怎麼這麼慢？快點啊，死了三個人。」

阿珠似乎冷靜下來了，因為她已經停止了哭泣，她在喃喃地說：「媽，你怎麼能這樣呢？怎麼可以丟下我，自己就走了呢？媽，你這是為什麼啊……」

我輕輕地拉了她幾下，「阿珠，我們離開這裏吧，事情已經發生了……」

就在這時候，阿珠猛地掙脫了我的手，端起導師前面的那杯咖啡就準備往嘴裏倒。

我大驚，急忙想去從她手上奪去那個杯子，可是，就在這一刻，我卻發現自己的身體根本就不聽自己的使喚了，我被嚇壞了！

幸好童瑤及時發現了，她猛地伸出拳頭，擊打在阿珠的頸部，阿珠才癱軟下去。

「馮笑，你幹什麼？怎麼連一個人都看不住？你明明知道她可能會這樣做的，難道你還要眼睜睜地看著下一個人死去？」讓我想不到的是，童瑤隨即對著我大聲吼叫了起來。

我心裏羞愧難當，同時也悲傷莫名，想要道歉，卻發現自己根本就說不出話來。

童瑤看了我一眼，歎息道：「對不起，馮笑，我是員警，卻眼睜睜地看著阿珠的母親在我面前這樣死去，我心裏很難受。你現在把阿珠背到醫院去吧，她只是暫時被我打昏了，一會兒就會醒過來的。你可要把她給看好了，千萬不要再出事了啊。」

我點頭，發現自己已經是滿眼的淚水了，急忙抱起阿珠就朝下面走去。

忽然聽到童瑤又在叫我，「馮笑，你們醫院的人是不是很容易拿到氰化鉀？」她問我道。

「那要看什麼人。導師有科研專案，要拿到這東西並不難，醫科大學的實驗室裏面就有。」我回答說。

她歎息，「知道了，你趕快帶她去醫院吧。等她醒來後替我向她道歉。」

我抱著阿珠去到了婦產科。值班的醫生認識她，問道：「唐醫生怎麼啦？」

「沒事，她昏迷了，麻煩你給她安排一張病床。」我說。

我沒有告訴醫生她媽媽的事情，其實，我不帶她去急診科的原因，也是不想讓醫院的人馬上知道阿珠家裏發生的事情。

雖然這件事情大家遲早會知道，但是我覺得，今天晚上最好不要再刺激阿珠了，因為她馬上就會醒轉過來。

值班醫生很快給阿珠安排好了病床，還是一個單間。

我作了自我介紹，說明自己是導師的學生，值班醫生頓時熱情了起來，「馮醫生，那你看看，是不是需要給她輸點液呢？」

我搖頭，「不需要，她一會兒就會醒過來的。你是進修醫生吧？以前我怎麼沒有看到過你啊？」

「是的，我是到這醫院來進修的。馮醫生，你有什麼事情的話，就麻煩你吩咐好了。」她回答說。

「這樣，麻煩你幫我看住她一會兒，千萬不要離開。她受到了點刺激。我出去一會兒。」我說道。

「這樣啊，行。馮醫生，你看需要通知她媽媽不？」她問道。

我心裏猛然地疼痛了一下，搖頭道：「不用了，她就是才和她媽媽吵了架。」

「這樣啊，那你去忙吧，我幫你守一會兒她就是了。」值班醫生說。

「千萬不要離開她，半步也不行。我馬上就回來，麻煩你了。」我再次吩咐道，隨即去到陳圓的那間病房。

我想趁阿珠昏迷的這個時候去看看陳圓。

陳圓依然昏迷著。現在，我沒有時間和她說話，因為我擔心阿珠會馬上醒來。於是，我去問了護士陳圓的情況，我最關心的是：「她長褥瘡了沒有？」

護士回答說：「沒有，現在的天氣比較寒冷，而且，我們給她上了特護。」

我頓時放心了許多，隨即又問道：「還是堅持每天去做高壓氧嗎？」

「是的，每天一次。不過，費用有點高。馮醫生，你妻子的帳戶上好像沒多少錢了，麻煩你明天去繳費吧。」護士對我說。

「這麼快就沒有了？」我詫異地問，因為入院的時候我可是繳了五萬塊錢的預交款的。

「高壓氧的收費比較高，而且，因為她是昏迷病人，所以，每天我們給她使用的都是營養液，還有這些監測設備的使用費用也比較高。而且又是單人病房。」護士解釋說。

我點頭，「行，明天我就去繳費。」

正說著，蘇華打電話來了，「馮笑，你們在哪裏呢？」

「婦產科裏面。導師……唉！」我說，卻不忍把那個消息告訴她。

「我馬上到。」她說，隨即掛斷了電話。

我即刻朝阿珠那裏走去，手機卻再次響了起來，這次卻是我父親打來的。

我急忙朝病房外邊跑，因為我不想讓我和父親的談話內容被這裏的人聽見。

「爸，你們到了？」我問道。

「剛剛到，剛剛上了林老闆的車，你那裏情況怎麼樣？見到你導師沒有？」父親問道。

「她死了。現在她的女兒昏迷過去了，正在醫院裏面。爸，今天晚上我可能回不來了，對不起。我擔心導師的女兒出現意外，她剛才就差點自殺了。今天晚上我得守住她，同時還要好好勸勸她。」我說。

「她爸爸呢？」父親問道。

「導師的先生外遇，導師把他們倆都殺了，然後自殺了。爸，對不起，我現在的心情也很不好，更不想導師的女兒再出什麼事情。」我說。

「怎麼會這樣？」我從父親的聲音裏聽出了他的震驚，「馮笑，今天晚上，你就別回來了，好好勸勸你導師的女兒。我看這樣吧，現在你導師的女兒不是一個人了嗎？如果可能的話，你讓她到你家裏來住一段時間，反正我們也在這裏，而且，馬上要過年了，讓她和我們一起過春節最好，免得她一個人在家傷感。」

「好的。我等她情緒穩定下來後問問她。」我說。

父親掛斷了電話，我站在病房的過道上。

我沒有想到這個世界竟然會變得如此無情，在這短短的不到一個月的時間裏面，我竟然經歷了兩次這樣悲慘絕寰的事情。

遠遠地看見蘇華在朝我跑來，她越跑越近，很快就來到了我的面前。

我詫異地看著她，因為我發現，她的頭上竟然頂著一些散落的、雪白的雪花。

下雪了？

「外面下雪了，好大的雪，想不到今年我們江南也會下雪，十年了，我們江南已經十年沒下過雪了。」蘇華對我說。

真的下雪了。

為什麼偏偏就在今天晚上就下雪了呢？

我心裏無限傷感地想道。

那天晚上，阿珠半夜裏醒來了，我和蘇華頓時驚喜。

「媽媽，爸爸……」我聽到阿珠在輕聲呼喚。

「阿珠……」我輕聲叫了她一聲，隨即看見她睜開了眼睛，她在看著我們，似乎想起來了已經發生過的一切，眼角處開始流淚。

蘇華看看我，我朝她輕輕地搖頭，示意她什麼都不要說。

是啊，在這樣的情況下說什麼都已經毫無用處，我知道，她心中的傷痛需要用時間去遺忘。

阿珠又沉沉地睡去，我卻知道她是在潛意識裏想要逃避。

我和蘇華無言地坐到天亮。

阿珠醒來了，「馮笑，蘇華，我餓了。」

我疲憊的身體頓時有了活力，急忙道：「我馬上去幫你買，你想吃什麼？」

她沒有回答我，眼角依然是緩緩流下的淚水。

我輕輕歎息了一聲後，對蘇華說：「你陪著她，我去買點吃的東西回來。」

阿珠一邊吃著東西一邊流淚，蘇華的眼淚也忍不住「嘩嘩」地淌下來。我也很傷感，不過，依然在強迫著自己的淚水，不讓它們流出來。

後來，我發現阿珠其實根本就沒有吃下任何的東西。

「馮笑，蘇華，你們不要管我，讓我跟著媽媽走吧。我一個人活在這個世界上，還有什麼意思呢？」後來，阿珠說道，她的眼淚滴落在她面前的稀飯裏。

「阿珠，你不要這樣。事情已經發生了，這是你父母之間的事情。你還年輕，需要好好活下去。說實話，這件事情你爸爸固然做得不對，但是，你媽媽也太過激了些。現在，他們都不在了，不是還有我和馮笑在嗎？」蘇華說。

「我不想活了……嗚嗚！媽媽……」我本以為說了這番話之後，阿珠會好受一些，但想不到，她竟然猛然大哭了起來。

「阿珠，任何人遇到你家裏這樣的事情，都是難以接受的。我和馮笑心裏何嘗不難受呢？你學姐我遭遇到的事情難道就少了？回想我以前，多麼驕傲的人啊，那時候，我婚姻幸福，而且總希望在事業上有所作為，想不到後來卻遭遇離婚，甚至差點坐牢，現在，我不得不放棄自己學了多年的專業，去給一幫殘疾兒童當保姆，你說我夠慘的吧？但是，我還不是這樣過來了？人總得活著啊。而且，還要活得精彩才是？阿珠，我給你講一個故事吧。

「佛學院的一名禪師在上課時把一幅中國地圖展開，問學生們，這幅圖上的河流有什麼特點啊？學生們回答說，都不是直線，而是彎彎的曲線。禪師又問，為什麼會是這樣呢？河流為什麼不走直路，而偏偏要走彎路呢？學生們七嘴八舌地議論開了。有的說，河流走彎路拉長了河流的流程，河流也因此能擁有更大的流量，當夏季洪水來臨時，河流就不會以水滿為患了。還有的說，由於河流的流程拉長，每個單位河段的流量就相對減少，河水對河床的衝擊力也隨之減弱，這就起到了保護河床的作用。

「禪師聽了後說，你們說的這些都對，但在我看來，河流不走直路而走彎路，最根本的原因就是，走彎路是自然界的一種常態，而走直路是一種非常態。

「因為河流在前進的過程中，總會遇到各種各樣的障礙，有些障礙是無法逾越的。所以，它只有取彎路繞道而行。其實人生也是如此。當人們遇到坎坷、挫折時，也要把曲折的人生看做是一種常態，不要悲觀失望，不要長吁短歎，不要停滯不前，把走彎路看成是前行的另一種形式、另一條途徑，這樣，你就可以像那些走彎路的河流一樣，抵達那遙遠的大海。

「阿珠，你知道這個故事是誰講給我聽的嗎？我告訴你吧，就是你媽媽講給我聽的，就在我從反貪局出來的時候。唉！可惜的是，她自己卻沒有看得開啊。」

蘇華剛才的那個故事，讓我感到大為震撼。

其實，很多道理我是懂的，但是，要說得那麼透卻做不到。是啊，走彎路才是自然界的一種常態，反而，走直路反倒是一種非常態啊。說得多好！

而讓我更加驚訝的是，蘇華竟然說，這個故事是導師講給她聽的。

「你那次出來的時候，導師知道？」我問道。

蘇華點頭，「是。那天，還是她親自來接的我。我從反貪局裏面出來的時候，第一眼就看見了她，我抱著她就痛哭了一場。也就是在那個時候，導師給我講了那個故事。說實話，如果不是她給我講那個故事的話，我可能早就離開了這個城市了，什麼可能性都有。唉！其實說到底啊，一個人看別人的事情容易，看得也清楚明白，但是，輪到自己的時候，就糊塗了。導師這個人一生追求完美，她的內心很脆弱。唉！」

說到這裏，我猛然想起導師那篇罵人的日記來。當時我還有些奇怪：既然導師在最後要給阿珠留下那些遺言，為什麼還不撕掉那篇有損她形象的文字呢？現在看來，她是有意讓阿珠看到她的缺點啊。

當然，我的這些猜測也很可能是錯誤的，不過，我覺得應該告訴阿珠。於是，我對阿珠說道：「阿珠，我希望你儘快擺脫痛苦，好好去讀一下你媽媽的那本日記，或許你會從那裏面收獲到不少東西。」

阿珠依然在抽泣，不過，哭聲小了許多。剛才，我和蘇華和她說話的時候，其實她是在認真聽的。

這時候，阿珠低聲地說道：「我不想住在這裏了，也不想回家，我害怕。」

我心裏頓時大喜，因為她的話告訴我，她不會再有輕生之念了。

忽然，我想起父親對我說的話來，「阿珠，這樣吧，你到我家裏去住吧。我父母昨天晚上來了，正好你去陪他們幾天，春節也就在我家裏過，好不好？」

她不說話。我知道她是同意了，隨即對蘇華說：「麻煩你去阿珠的科室幫她請假，就說阿珠春節後去上班。導師的事情今天大家都會知道了的，我想，阿珠科室裏面的人會理解的。」

蘇華點頭，卻用一種幽幽的眼神看了我一眼，「馮笑，我也到你家裏過春節好嗎？現在，我也是一個人呢。」

我一怔，隨即問她道：「你不回你父母家嗎？」

「我哪裏有臉回去？」她低聲地道。

「蘇華，你要記住一點，這個世界上對你最好的是你父母，對你最無私的也是你的父母。或許他們會在你面前嘮叨，但是，他們的嘮叨都是因為關心你。回家去吧，沒有哪個父母不希望自己的孩子春節回家看他們。」我真摯而嚴肅地對她說道。

她頓時不語。

然而，讓我想不到的是，我的話卻再次勾起了阿珠的傷痛，她猛然號啕大哭了起來。

我頓時後悔。

當然，我後悔的不是對蘇華說這些話，而是我忘了暫時避開阿珠。

阿珠隨同我去到我的家裏。

我父母對她呵護有加，喜歡得不得了。我當然知道，那是因為我父母覺得阿珠剛剛慘失親人，所以才對她倍加憐愛，不過，我還是有些吃醋，因為我的父母對我可就嚴肅多了。

父母和我一起去看了陳圓。

在病床前，父親不住歎息，我母親卻失聲痛哭起來。

後來我才知道，母親的痛哭，一方面是因為陳圓的狀況，另一方面卻是因為想到我今後的生活。

從病房裏出來後，母親對我說：「你怎麼這麼命苦啊？趙夢蕾那樣了，又娶一個媳婦卻變成了這個樣子。」

父親批評母親道：「別在孩子面前說這些話，你這樣不是讓他更難受嗎？」

隨後，我們去看了孩子。

讓我感到驚喜的是，當我們進入到孩子病房時，頓時聽見了孩子的大哭聲。

剛出生的孩子都會大哭，那是孩子來到這個世界必須發出的第一個聲音，那是他在向這個世界宣示：我來了，我已經是這個世界的一員了。

可惜的是，我的孩子，哭聲來得太晚了些。

我問護士：「這是孩子第一次哭嗎？」

護士回答說：「是啊，我還正奇怪呢，怎麼忽然就哭了？」

於是，我笑道：「看來他知道他的爺爺奶奶來了。」

這下，我的父母頓時高興起來。

但是，當他們走到保溫箱面前的時候，卻頓時呆住了。

父親默默地看著保溫箱裏的孩子，臉上的笑沒有了。

一會兒過後，他才歎息了一聲，「怎麼這麼小？」

母親又開始流淚，然後哭著跑出了病房。

我急忙跟著跑了出去。

我發現母親在病房外面痛哭，「我的孫啊，怎麼這麼可憐啊……」我頓時慚愧：本來帶他們來看孩子，是想要讓他們高興的，結果卻適得其反。

下午的時候，林易和施燕妮一起來了。

「晚上我安排了晚餐，我們一家人好好去吃頓飯吧。」林易說。

父親搖頭道：「陳圓在醫院裏，孩子也在醫院裏，我們就在家裏吃吧。這個家到現在都還是不完整的。」

施燕妮頓時開始流淚，和我母親一起流淚。

林易歎息道：「那好吧，晚上就在家裏吃。」

阿珠對這裏還有些生疏，她獨自一個人在那裏看電視。

我本來想去和她說說話的，但又覺得不大好，於是過去對她說道：「阿珠，書房裏面有電腦的，還有各種書籍。」

她點了點頭，獨自去了。

母親看著她進去後，歎息道：「這也是一個可憐的孩子。」

我覺得家裏的這種氣氛很不好，太沉悶了，於是說道：「大家不要這樣好不好？搞得我心裏很難受。既然一家人在一起，那就應該高興才對。事情已經出了，再去感歎、痛苦，都沒意思，今後的日子還長著呢。」

「馮笑說得對。我就喜歡你這樣的性格。人嘛，就是要樂觀一些。」林易即刻說道。

父親點頭，「也是。那好，晚上我們喝點酒。」

「不是喝點酒，是要喝高興。」我說，聲音有些誇張。

其實，我這樣完全是為了遮掩自己內心的傷痛。我內心的傷痛只有我自己知道，但我不想把它傳染給其他的人。我是男人，只能把自己的傷痛留給自己。

那天晚上我們喝了很多酒。

父親也很高興，他一貫的威嚴和嚴肅都沒有了，剩下的全部是慈祥。

阿珠在那裏猶豫了許久，也提出來要喝酒。

父親看了她一眼後，說道：「喝點吧，但是不要喝多了。」

其實，我知道她是想要醉的，因為唯有在醉後，才會暫時忘記那些痛苦。所以，我一直在和她碰杯。

結果，她果然大醉。

林易離開的時候已經有了些醉意，他對我說：「馮笑，我覺得你應該把小楠接回來，讓她和家人一起過春節。你說呢？」

他對我說這句話的時候，施燕妮也在看著我，滿臉的期待。

我心想：既然你們當父母的都這樣說了，我怎麼可能反對呢？於是說道：「我明天就去把她接回來。不過，我覺得還是得繼續治療，除了每天送她去醫院做高壓氧治療，藥物也需要繼續。那些監護設備我想從醫院拿一套回來，給錢就是了，算租用。」

林易點頭，「嗯，這樣最好。」

我又說道：「我還想和你商量一件事情。我和我學姐說好了，想請她到我家裏來照看小楠。她以前是婦產科醫生，我放心。不過，她在孤兒院那裏的工作可能就不能繼續幹下去了。所以，想請你同意。」

這是我第一次稱呼陳圓「小楠」這個名字，因為既然已經確定她是施燕妮的女兒了，所以，我當然應該稱呼她新名字了。

「這樣啊……」林易沉思著說，「我看行。這樣吧，她的工資我還是照發，暫時讓她來照顧小楠也好。你學姐也還算我們集團的職工，你看這樣行不行？」

「她的工資我給，我和她談好了的。」我急忙地道。

他頓時笑了起來，「馮笑，我們是一家人，你怎麼這麼見外？小楠是你的妻子，但她更是我們的女兒啊？這件事情就這樣安排吧，你別說了。」

這下我就不好再說什麼了。

施燕妮離開的時候，拉住了我的手，「馮笑，你對小楠這樣好，我就放心了。不過……不過你那位學姐有些粗心大意，你可要注意啊。」

我忽然想起蘇華曾經給她做過手術，而且還做出了問題來，心想，難怪她這樣擔心，於是說道：「她現在不會了，因為她已經有過那麼多教訓了。」

她點頭。

「馮笑，我們出去說幾句話。」這時候，林易拉住我。我頓時想到，他肯定有什麼私密的話要對我講。

第四章

誘惑的根源

或許，莊晴是造成趙夢蕾和陳圓悲劇的主要因素。
如果沒有她，我內心深處欲望就無法釋放，
也就是說，莊晴是造就誘惑的根源。
每當我想起陳圓最需要我的時候，
我卻悄悄跑到重慶與莊晴幽會，
內心的痛就會讓我不得安寧。

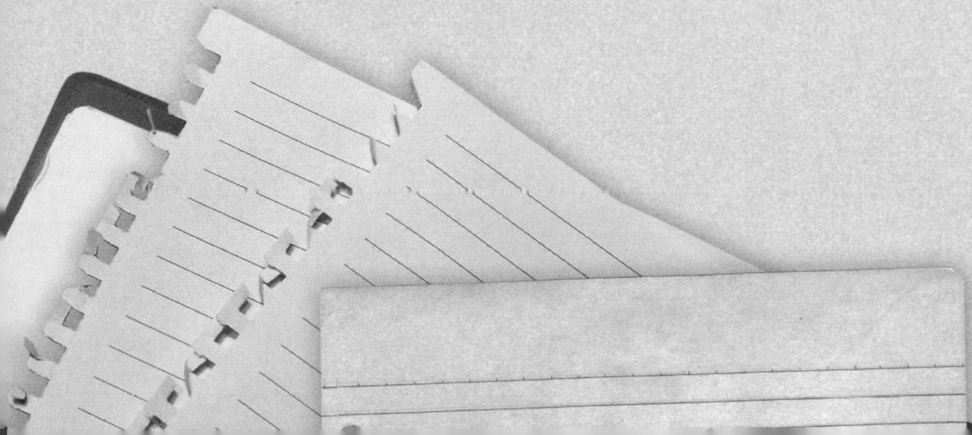

和父母打了聲招呼後，我就跟著林易一起到了樓下。

林易在一處花台邊站住了，拍了拍我的肩膀，「馮笑，春節期間你拜年的事情準備好了嗎？」

我頓時糊塗了，「拜年？拜什麼年？」

他詫異地看著我，「這一年就要結束了，你總得去給領導、長輩什麼的拜拜年吧？以前你沒有這樣做過？」

我頓時慚愧起來，不好意思地搖了搖頭。

他歎息道：「馮笑啊，有時候我覺得你聰明過人，但有時候，卻又覺得你迂腐、幼稚得厲害。真無法想像，你以前竟然沒有去給你的導師、醫院的領導拜過年。」

我更加慚愧了，「不好意思，我以前沒想過這些問題。」

他笑了笑，隨即說道：「呵呵！那我簡單給你說說拜年的事情。馮笑，你現在不同了，在醫院裏面你也算是有頭有臉的人物，而且，還是我林易的女婿，所以，你需要借助這個春節，好好去維持一下你的那些關係。當然，肯定也會有人給你拜年的。」

其實，我也不是完全不知道拜年的重要性，比如我已經想到要去給鄭大壯拜年了。但是，對於其他的人，我覺得沒那個必要，主要還是覺得麻煩。

「我並不認識多少人，朋友也很少，所以……」我說道。

他再次拍了拍我的肩膀，「我給你說，有幾個人你是一定要去拜年的。一是常廳長，哦，她現在已經是常書記了，她那麼關照你，這馬上就要過年了，你總得去看看她吧？還有端木專員，雖然你和他只是認識，但他畢竟是領導啊？而且，你去給他拜年，也可以在無形中增強我和他的關係。再有就是你們醫院的院長了，和你關係不錯的院長們你都該去，如果你想要他們在今後支持你工作的話，這是最好的辦法。至於其他的人，你自己好好想想。」

我點頭，「可是，給他們送什麼東西好呢？」

他頓時笑了起來，「東西嘛，我可以替你準備好。常書記是女同志，送高級化妝品就行。端木專員那裏，給他送一幅字畫。其他的人，每人幾瓶好酒，幾條好煙就可以了。到時候，我讓小李把這些東西給你送來，你自己看著辦吧。」

「端木專員那裏你自己去吧，我和他不是很熟，有些尷尬。對了，他這次沒有被提拔啊？」我說道。

「也行。我去和你去是一樣的。」他點頭，「他的事情可能還要緩一步。他們那裏的書記還有幾個月才能退下去。」

我忽然笑了起來，「按照你這麼說，我還得來給你拜年才是。」

他一怔，隨即大笑，「你當然應該來給我拜年了，我是你老丈人呢。」

其實我是因為喝了酒，也是為了遮掩尷尬，才故意和他開玩笑的，畢竟，我和他以前是朋友。可是，也許還真要給他拜年才行，於是笑道：「那你想要我給你送什麼？總不可能把你給我的東西給你送回來吧？」

他又是大笑，「那可就是你的事情了。哈哈！我倒是要看看，你到時候給我送什麼東西。」

這下輪到我苦笑了。

好在，我的父母都在家裏，我就問問他們不就行了？這麼一想，頓時心裏輕鬆了起來。

第二天，小李果然拿了很多東西到我家裏。有好幾箱茅台和五糧液，還有一件軟中華香煙。我看了看包裝，發現這件軟中華有五十條。當然，還有送給常育的高級化妝品。

其實，我心裏一點都不想去給那些人拜年，我覺得難為情。而且，我有一種被林易捆綁著去幹這件事情的感覺。

首先，我給常育打了電話，「姐，我想來給你拜年，你什麼時候有空啊？」

她頓時在電話裏面笑了起來，「馮笑，也只有你才把話說得這麼直接。」

我笑著問道：「那一般人怎麼對你說？」

「一般的人總是小心翼翼地問我，常書記，您什麼時候有空啊？我想來向您彙報一下工作。」她說，隨即大笑。

我也笑，「那好吧，我重新說。姐，您什麼時候有空啊？我想來向您彙報一下工作。」

她在電話裏笑得喘不過氣來，「馮笑，幾天不見，怎麼變得油嘴滑舌的了？」

「呵呵！」我對著電話傻笑，我發現自己有很久沒有這樣開心地笑過了。

「你等等啊，我看看我的安排。嗯，這樣吧，明天晚上，我，洪雅，你，我們三個人吃頓飯吧。你請客。這下可以了吧？」她隨即說道。

我一怔：林易只準備了一份化妝品……不過我只猶豫了一瞬，隨即便說道：「行，就這樣吧，到時候我給你發簡訊，通知你地方。」

「算了，我看這樣，還是我來請你們吧。我讓康得茂去安排地方，然後讓他通知你們。他是你同學，你不會覺得這樣安排有什麼不妥吧？」她隨即又說道。

我再次一怔，隨即苦笑著說道：「行。」

「好吧，我現在很忙，我們明天見。」她說，隨即掛斷了電話。

我愣了一會兒神，苦笑著搖頭，開始給章院長打電話。

剛剛撥了幾個號碼便掛斷了，因為我忽然想起莊晴的事情。

莊晴……

一想起她，我心裏頓時感到一陣溫暖。忽然又驚覺：馮笑，你怎麼還這樣呢？陳圓現在還在醫院裏呢。

我正自責的時候，忽然接到了林易的電話，「你的電話好忙啊。」

「我不是在安排拜年的事情嗎？」我說，心想：還不是為了完成你的任務？

「我們已經在醫院裏面了，你來不來？」他問道。

我這才猛然想起，昨天晚上我們商量好了，今天要去接陳圓出院。

在開車去往醫院的路上，我終於下決心，給章院長撥通了電話。

並不是我覺得需要去巴結院長，而是，我忽然感覺自己又走回到老路上去了。

當初我和趙夢蕾是夫妻的時候，我就沉迷於莊晴；現在，我和陳圓已經結婚了，但莊晴依然在我心裏佔據著很大的位置。

所以，我隱約認為，或許，莊晴才是造成趙夢蕾和陳圓的悲劇的主要因素。如果沒有她，也許我內心深處欲望就無法釋放出來，也就是說，她是造就誘惑的根源。

還有，莊晴她竟然懷疑陳圓不是施燕妮的女兒，現在我覺得，她的目的就是挑撥。

當然，她或許對我沒有什麼惡意，因為我可以真切地感受到，她是愛我的。

不過，我現在覺得自己已經無法再去愛她了。

陳圓是我的妻子，她出現這樣的慘狀與我有著直接關係。每當我想起陳圓最需要我的時候，我卻悄悄跑到重慶去與莊晴幽會時，我內心的痛就會讓我不得安寧。

在想到這個，我才決定給章院長打電話。我想通過這種方式，強迫自己與莊晴決裂。

然而，我想不到自己竟然會結巴，「章，章院長，您最近什麼時候有，有空啊？我，我想來向您彙，彙報一下工作。」

我非常厭惡自己的這種結巴，因為它代表的是一種緊張，還有內心深處的惶恐。

是的，我的內心是惶恐的，因為我發現，自己這樣做是對莊晴的一種背叛。要決裂就必須要背叛，不然的話，我將再也難以戰勝自己。

說到底，我的這個行為與自殘差不多，這是一種對自己內心強迫性的傷害，而我的目的卻只有一個，那就是：忘卻。

「小馮啊，何必這麼客氣呢？我們是同事，越隨便越好。」他笑著說。

我當然知道他完全是虛偽的客套，通過上次科研專案的事情，我就完全認清了他的本來面目。

所以，我只好繼續道：「您是我的領導，而且，您那麼關照我，我必須來感謝您才是啊，也想借此機會向您彙報一下工作。」

「呵呵！小馮你太客氣了。那這樣吧，明天晚上我有空，大家一起吃頓飯，順便聊聊工作上面的事情。你看怎麼樣？」他說道。

我頓時怔住了，差點出現了腦筋短路的情況，「章院長，明天晚上我被一位領導，哦，是省裏面的領導安排了。您看，其他時間可以嗎？我就只有明天晚上沒時間，其他的時間都可以的。」

也許是因為緊張，我顯得有些囉唆，生怕沒有把自己的意思表達清楚。

「這樣啊。小馮，你在外面的關係我是知道的，呵呵！那這樣吧，後天晚上，可以嗎？」他笑著說。

「行。我後天下午來接您。」我急忙地道。

現在我決定了，醫院的領導裏面我只請他一個人。一是因為我和其他副院長們都不怎麼熟悉，二是我覺得，只要請了正院長就可以了。現在都是第一把手說了算，其他的，我懶得去管。

電話被對方掛斷後，我輕輕地打了自己一個嘴巴，馮笑，你真奴顏！

到醫院的時候，林易已經替陳圓辦完了出院手續，甚至把那些監護設備的租用手續都辦好了，錢也繳完了。

我很不好意思。

他卻一副淡然的樣子，微笑著對我說道：「我請了兩位護士，還讓醫院派了救護車送陳圓回家，免得在路上，或者上下樓的時候出現問題。」

我不得不承認，他考慮得非常周到，至少我沒有想得這麼細緻。

「馮笑，你那學姐準備什麼時候去你家照看陳圓？」林易隨即問我道。

「她春節準備回家，年後再說吧。」我說。

「這樣也行。」他點頭，隨即又對我道：「對了馮笑，我給你提一個建議。至於具體怎麼辦，你自己拿主意吧。」

「您說。」我急忙道，這個「您」字的尊稱，完全是我脫口而出的。

「你父親的話，我覺得很對。過春節嘛，當然是一家人都在一起最好。你和陳圓的孩子在醫院裏，我覺得，倒是可以把孩子接回家。保溫箱嘛，我估計那玩意不會很貴，你可以去買一個，或者去租一個都行。呵呵！我不是學醫的，不知道這樣行不行？你自己決定吧。」他說道。

我思考了一會兒，覺得他說的很有道理。而且我想，如果把孩子抱到陳圓面前的話，說不定能讓她早點醒過來，不過……

「這樣，我問問我們兒科的醫生後再說吧，這件事情必須聽兒科醫生的。」

他點頭，「這倒也是。」

陳圓回家後，我們手忙腳亂地忙了很久。她還是睡病床，只不過，病床是放在我們的臥室裏面。病床有幾個好處，它可以升降，還可以推動，這樣便於今後揩拭她的身體及輸液什麼的。

忙完後，林易和施燕妮都在我家裏吃飯。阿珠在病床前看了陳圓很久，她就那樣一直看著陳圓，直到我去叫她吃飯，她才淡淡地朝我笑了一下。

「你看什麼呢？」我低聲地問了她一句。

「她比我要幸福。」她低聲地說，臉上忽然紅了一下。

我彷彿明白了她話中的意思，不過，假裝沒有聽懂，即刻對她說了句：「阿珠，最近你回家一趟吧，回去整理一下你父母的遺物。」

她搖頭，輕聲地道：「我要等他們下葬之後再回去。」

我不禁歎息。

現在公安局雖然已經結了案，但還沒有通知去領屍體，我問過童瑤，她告訴我說，最近可能有些麻煩，因為阿珠爸爸的那位助理的親屬，天天在刑警隊坐著，要求阿珠賠償。

「這件事情，我沒有對你們講，你也暫時不要告訴阿珠。」最後她說道。

我頓時憤然，「如果不是那個女人的話，怎麼可能出這樣的事情？他們怎麼還好意思要求賠償？幸好阿珠被我接到了我家裏來，不然的話，可能有麻煩了。」

「沒事，現在對方的親屬基本上已經被我們說通了。」童瑤說。

就在昨天，童瑤給我發了一則簡訊，說那位助理的親屬已經回去了，不過，屍體要過幾天才能夠火化。她說，案件還有最後的手續要辦。

下午，我去了一趟我們醫院的兒科。我把自己的想法與主管醫生溝通後，對方說道：「應該沒問題。現在，孩子一切生命指數都很正常了，唯一的就是太小了些。不過，你不要擔心，今後會與正常孩子一樣的。我們都看了，孩子的發育狀況還不錯。保溫箱也不需要了，我們還正說把他從保溫箱裏面抱出來呢。不過，孩子的營養一定要跟上。你是婦產科醫生，對孩子的餵養，應該還懂吧？」

我搖頭道：「慚愧啊，只知道一些。具體的不大清楚。」

他頓時笑了起來，「倒也是，隔行如隔山嘛。這樣，我借給你一本書，你回去慢慢看。你是醫生，學起來很快的。不過，我建議你先給孩子打一針免疫球蛋白，這樣的話，孩子的抵抗力會強一些，不會經常生病。」

「那現在就打吧，打了我再抱走。」我說。

辦完孩子的出院手續後，天已經晚了。因為我是本院的醫生，所以孩子入院的時候沒有要求預交費用，結果，我辦出院手續的時候，發現費用高得驚人。短短的時間裏，竟然花費了好幾萬塊的醫藥費用。到這時候，我才真切地感覺到很多人看不起病的難處了。

幸好我還有這個經濟實力。

抱著孩子出了病房，我這才發現遇到了麻煩：我要開車，誰來抱孩子啊？

急忙給家裏打電話，父親說他馬上搭車來，隨即卻聽見電話裏面阿珠在大聲地說：「我去。」

阿珠抱著孩子的時候，露出了笑容，而且還有些興奮，「這孩子，多可愛啊，多好玩啊。」

我不禁苦笑，心裏想道：孩子是早產，怎麼可能可愛？我有些擔心，「阿珠，你沒抱過孩子，小心些啊。」

「我知道。啊，你看，他在打呵欠呢，好好玩啊。」她大聲地道。

我也高興起來，不是因為孩子，而是我發現，阿珠終於暫時忘卻了失去父母的痛苦了。

所以，我不想她轉移興奮點，隨即問道：「你覺得孩子長得像誰？」

「有些像你，鼻子像，眼睛也像。不過，臉型像他媽媽。這孩子，今後長大了一定是個帥哥。馮笑，我要當孩子的乾媽，可以嗎？」她說。

聽她這樣說，我心裏當然高興了，於是笑道：「我倒是沒意見，不過，你要問孩子本人同意不同意。」

「你這不是說廢話嗎？他這麼小，怎麼可能說話？啊！他同意了，他在張嘴巴呢。」她忽然大聲地說。

我頓時大笑起來。

我想不到，這孩子竟然能夠給我們帶來這麼多的歡樂。

孩子剛一抱回家，就被母親接了過去。她抱著孩子又親又哭。

父親在旁邊責怪道：「你這究竟是高興呢，還是不高興？別把孩子弄醒了。」

母親揩拭著眼淚說：「高興，我真是太高興了。」

我這下才明白，林易對我的那個提議是何等的高明。

晚上，一家人高高興興地吃了頓飯。

父親主動去開了一瓶茅台，「馮笑，我們倆喝兩口。」

還好，這次阿珠沒有要求喝酒了。她一直在不住地逗我母親懷裏的孩子。

第二天下午，康得茂給我打來了電話，告訴了我晚上吃飯的地方。

我笑著問他道：「怎麼樣？你這個秘書長當得如何？」

「比省委組織部舒服多了。自由不說，含金量大著呢。」他大笑著說。

「什麼含金量？你可不要犯錯誤啊。你已經那麼有錢了。」我急忙提醒他道。

「怎麼會呢？不過，我的錢可是在你手上啊，我就窮光蛋一個。」他笑著說。

我有些不大好意思，「得茂，對不起，最近我家裏出了一連串的事，你那筆錢，我還沒想好怎麼去投資。對了，你和你老婆的事情怎麼樣了？」

「我的錢放在你那裏，我完全放心。」他說，「我老婆？離婚了唄，孩子歸她，反正不是我的孩子。馮笑，你那次把親子鑒定的結果給我後，我即刻就提出了離婚。她什麼都沒說，自己乖乖地在離婚協議上簽了字，連財產怎麼分的事情都沒問。唉！其實，她也是很講面子的人。」

「得茂，你不要做得太過分了啊。她一個女人，你就這樣讓她離開家了？」我心裏忽然有些不忍，隨即責怪他道。

「怎麼會呢？俗話說，一日夫妻百日恩，我還不至於那麼絕情吧？何況我是官員，這樣的事情傳出去也不好，是吧？所以，我還是把家裏以前的存款分給她三分之一，然後，把省城的那套房子也給了她。唉！女人啊，怎麼這麼糊塗呢？我和她辦完離婚手續那天，她抱著我哭了很久，哭得我好心酸，差點改變主意。

「後來，想到她瞞著我做的那些事情，我才終於硬下心來。最可憐的是孩子，雖然她不是我親生的，但畢竟一起生活了好幾年，我真不忍心啊。所以啊，女人是很壞的，我們男人的離婚，還有離婚後孩子的無依無靠，這一切的一切，都是女人造成的！

「唉！不說了，一說我又會想起孩子的事情來，忍不住又要傷心了。」他歎息著說，而且，我聽到他聲音裏面的哽咽。

「是啊。」我也感慨了，「對了，常姐同意你們離婚了？」

「這事我當時沒去請示她，因為我一看到那個結果，頓時就憤怒了，心裏只有一個念頭，離婚！馬上和她離婚！後來，我還是給常書記彙報了這件事情。她歎息了幾聲，啥也沒說。」他回答道。

我頓時明白了：其實常育還是很同情康得茂的，不過，她也同情康得茂的老婆，因為常育畢竟是女人，她不會完全站在男人的角度去想問題的。

「這樣也好，從今往後，你傢伙就可以盡情地煥發第二春了。」我大笑著說。

「唉！我可不敢隨便找老婆了，現在的女人啊，太不可信了。」他歎息道，隨即提醒我：「記住啊，晚上六點半，你要準時到。」

隨即，我回家去向我父母請假。

我請假的理由是：「我中學同學要請我吃飯。他從省委組織部調到省城周邊的一個市裏面當市委的秘書長了，康得茂，您可能不認識。」

父親倒沒說什麼，「要過年了，應酬多起來是必然的。」

然而，讓我沒有想到的是，阿珠卻忽然對我說了一句：「馮笑哥，我也想去。」她說完後，便滿臉期待地看著我。

我頓時為難起來。

這時候，我母親卻說道：「你帶阿珠去吧，反正是你同學請你。阿珠一天待在家裏也煩了。」

父親也說：「是啊，馮笑，你帶她去吧。」

這下我沒辦法了，只好說道：「也行。阿珠，晚上我可能要喝酒，你給我當駕駛員吧。」

阿珠頓時高興起來。

「馮笑，晚上我不去好不好？」在車上的時候，阿珠問我道。

我心裏苦笑：你不是已經在車上了嗎？於是淡淡地笑道：「沒事，就吃飯。」

「我看你剛才往後車廂裏面放了東西，好像是化妝品。今天晚上，你是和女人在一起吃飯吧？要不，我自己去逛街？馮笑，你別生氣，我是覺得在你家裏太悶了。你爸爸媽媽對我太好了，讓我老是想起自己的父母來，所以，心裏難受，想出來走走。」她說，神情頓時黯然。

「真的是我同學，還有一位領導，那位領導是女的，市委書記。阿珠，我是你媽媽的學生，一直把你當小妹妹看待的，所以，我想趁這個時候對你說幾句話，希望你能夠聽進去，好嗎？」我說道。

「你說吧，我知道你是為了我好。」她沉默了一會兒後才說道。

「阿珠啊，或許是因為你父母以前太嬌慣你的緣故，從來沒有過什麼不順心的事情。你別誤會我的意思，我說的是，你從來沒遇到過什麼大困難，因為你的父母總是會滿足你的一切要求。所以，你總是覺得自己還小，什麼事情都喜歡耍小孩子脾氣。阿珠，你應該儘快成熟起來。雖然很多事情我和蘇華都會幫你，但是，主要還得靠你自己啊。你說是不是？」我說得小心翼翼，因為我擔心她受不了。

她忽然把車停下，緩緩地側過身來看著我，「你是不是覺得，我今天不該和你一起去吃飯？」

我沒想到，自己說這些話的結果，是引來了她的誤會，於是急忙道：「阿珠，我哪裏是說今天晚上的事啊？你想過沒有，今後你一個人了，怎麼繼續你的生活？別把車停在這裏啊，要麼靠邊，要麼趕快開走。你看，你把後面的車都堵住了。你不要這樣好不好？你總得考慮別人吧。」

說實話，我現在有些生氣了，因為她還是那樣的脾氣。

她不說話，緩緩地將車朝前面開了出去。

我頓時也無語了。

到了吃飯的那家酒店，她將車停下。

我坐在副駕駛的位置上沒動，因為我發現，她沒有下車的意思。

我看著她，「阿珠，怎麼？不高興了？我沒其他什麼意思，只是，希望你儘快獨立起來。」

「馮笑，我明白你的意思，我也很謝謝你。但是，我，我現在很恨我的父母。他們對他們自己，還有對我，都太不負責了。」她低聲地說，然後開始流淚。

我不禁歎息，「阿珠，你不要這樣說好不好？每個人都有他們自己的想法。也許我們現在都還很不理解他們。但是我一直認為，一個人做出任何事情來，都有他特別的道理。不管怎麼說，他們總是你的父母，所以，你不要去責怪他們。現在，你面臨的問題是今後要獨自一個人生活下去，你要去戀愛，然後結婚、生子，好好度過自己的這一生，讓自己過得幸福。我說過，我會幫助你的，但是，不可能像你父母那樣對你關心得那麼細緻入微，所以，一切還是要靠你自己，你明白我的意思嗎？」

「我現在好害怕。馮笑，你說得對，我以前就是什麼事情都不去想，現在才發現，這個世界太複雜、太可怕了。我真的好害怕。」她低聲地、幽幽地說道。

我看著她，柔聲地道：「這個世界沒你想像的那麼複雜。你想做什麼事情，就直接朝著目標走，不要朝兩邊看，直走就行了。困難面前，兵來將擋，水來土掩，總是有出路的。關鍵是要邁出這一步，要去做。做了，一切皆有可能，不做則什麼都沒有。」

阿珠靜靜地在聽，一會兒後才說道：「馮笑，你說得真好。」

我笑道：「不是我說得好，而是本來就是這個樣子。好啦，我們上去吧。今天晚上開心點，想喝酒的話，可以喝一點。」

她搖頭，「我不喝。你不是說了嗎，從現在開始，我要成熟起來。」

我頓時笑了。

我和阿珠進到雅間的時候，康得茂已經到了，但卻沒看見常育和洪雅的影子。康得茂看到阿珠的時候，眼睛都直了，「馮笑，這位美女是誰啊？你傢伙真厲害啊，每次帶來的都是美女呢。」

我發現阿珠正用一種奇怪的眼神在看著我，急忙瞪了康得茂一眼，「你別胡說，這是我導師的女兒阿珠。阿珠，這就是我說的那位同學，他叫康得茂，是領導呢。」

「你不是說今天要來的領導是女的嗎？怎麼是男的呀？」阿珠詫異地問道。

我急忙地道：「你沒聽清楚，我不是說，今天晚上要和我同學在一起吃飯嗎？領導也要來的，不是還沒到嗎？」

「對，對，領導還沒到。馮笑，我是什麼領導啊？只是給領導服務的人而已。你叫阿珠是吧？快，快請坐。」康得茂慌忙地說道。

我發現他竟然有些手足無措的樣子，心裏暗暗覺得好笑，忽然想道：這個康得茂現在不正是單身嗎？隨即卻即刻否定了自己剛剛升起的想法：不行，康得茂不合適。這傢伙離過婚，而且，還有寧相如那樣的情人，我可不能害了阿珠。

我即刻坐下，讓阿珠坐到我身旁，問康得茂道：「常姐她們還有多久會到？」

「常書記下午有個會，本來我也是應該去參加的，但是她讓我先來了。洪小姐馬上應該到了，她下午去做美容了。」康得茂說。

「常姐？你叫那位領導姐姐？」阿珠低聲地問我道。

「你別這樣好不好？今天我們是朋友在一起吃飯，一起先過個年呢。」我說，其實是批評她說話不注意場合。

「馮笑，你導師的女兒，哦，你叫阿珠是吧？請問阿珠小姐在什麼地方高就啊？」康得茂問道。

我去看阿珠，發現她沒有想要回答康得茂問題的樣子，於是說道：「她在醫院工作。搞影像學的，就是放射科。」

「哦，那不錯啊。不過，我有些害怕呢，擔心被阿珠小姐一眼就看透了。」康得茂笑著說。

我當然知道他是在開玩笑，不過，我也感覺到，這傢伙好像對阿珠特別注意了些。不會是我太敏感的緣故吧？

「你不幹壞事，怕什麼呢？」阿珠突然對康得茂說。

康得茂頓時尷尬了起來，「我怎麼會幹壞事呢？馮笑，你說說，我康得茂是幹壞事的人嗎？」

「他不是幹壞事的人。」我笑著說。

正在這時候，常育和洪雅走了進來。

常育看了阿珠一眼，「咦？這是誰啊？這麼漂亮的一位美女。」

我急忙介紹了。

常育看著我，意味深長地笑了一下。

洪雅說道：「馮笑，你還真幸運，竟然有這麼漂亮的一位小妹妹。」

我急忙咳嗽了幾下，說道：「常姐，今天不是說好了由我請客的嗎？是我想給大家拜個年呢。」

「都一樣。過年嘛，不就是大家坐在一起，高高興興地吃頓飯嗎？而且，今天也不是正式過年的啊？」常育說。

我說道：「我父母來了，今年要在我家裏過年，所以，真正過年那幾天，可能就沒有時間了。」

「這樣啊，那我得去給兩位老人家拜年才是。」康得茂隨即道。

「康秘書長，這是應該的哦。我也應該去的，到時候你安排一下。」常育即刻對康得茂說。

這下，我很不好意思了，急忙地道：「不用了，真的不用了。」

常育看了我一眼，隨即對康得茂笑道：「這樣吧，既然馮笑不歡迎我，那你就代表我去吧。」

「我不是不歡迎，主要是，你現在是市委書記了，很忙的。我看電視上每到過年的時候，你們當領導的都會去看望那些貧困老百姓，所以，我擔心影響你的工作呢。」我急忙地說。

常育大笑，「哈哈！好吧，不是你不歡迎我，而是我工作太忙了，這樣總行了吧？不過，小康還是應該去給你父母拜年才是，你們畢竟是同學嘛。」

「是，我肯定要去的。」康得茂說。

「那我呢？」洪雅問道。

「你自己看著辦，你又不去慰問貧困老百姓。」常育大笑著說。

所有的人都笑，不過，我發現阿珠坐在這裏，顯得有些尷尬和孤獨的樣子，於是，急忙對常育說：「姐，麻煩你出去一下，我想和你說點事情。」

常育點了點頭，即刻跟著我出去了。

她問道：「什麼事情？」

「姐，我導師最近出事情了，阿珠目前住在我的家裏……」我低聲地把阿珠家裏的事情簡單地對她講了，隨後說道：「姐，我擔心一會兒大家開玩笑，會讓她不高興，現在她很敏感。」

她點頭後說道：「你提醒得對。」隨即便笑，「馮笑，你可要注意啊，女孩子在這種情況下，很容易喜歡上你的哦，因為她已經無依無靠的了，你可是她的唯一依靠啊。」

我不禁苦笑，「姐，你說什麼呢。」

「好啦，我開玩笑的。我們進去吧，最近我太忙了，心裏雖然想你，也沒時間和你碰面。一會兒吃完晚飯我還要趕回去。才到一個地方工作，千頭萬緒的事情理都理不過來。」她隨即說道。

我急忙開門讓她進去。

她進去後，在洪雅耳邊嘀咕了幾句什麼，洪雅在點頭。

我估計也是在說阿珠的事情。

酒和菜很快就上來了，康得茂把菜品安排得很精緻。他叫的是紅酒。

常育舉杯，「今天我很高興，如果不是馮笑提出大家一起過個年的話，我們見面的時間肯定就在春節後了。本來今天應該喝白酒的，但今天晚上我還有一個會，所以，我們就喝點紅酒表示表示吧。來，為了我們的友誼，為了明年大家有更大的進步，我們乾杯。」

大家一起喝下。

康得茂隨後說道：「常書記，我給您提個意見。」

「好啊，我歡迎。」常育笑著說。

「常書記，您是市委書記，我覺得，在工作上，您只需要掌握大局就行了，市委書記是管宏觀的嘛，沒必要事必躬親。呵呵！我也是發現您太累了，所以才提醒您一下。」康得茂說。

「小康，你可不對啊，竟然把提意見的時間放在現在，你到我辦公室那麼多次了，怎麼一直不講？」常育笑道。

「今天不是朋友聚會嗎？本來不應該談工作的。不過，我覺得這樣的意見還是以朋友的身分提出來最好。因為，在工作上，我的職責是為您服務，同時替您上傳下達、收集各種意見和建議。其實說到底，我的這個意見也不叫什麼意見，因為我不瞭解您以前的工作方法，而且，也提不上台面上去。還有，如果在其他時間向您說出來，也擔心您不接受呢，今天不是正好嗎？」康得茂笑著說。

常育搖頭道：「我不喜歡你這樣。你知道我為什麼要把你調去當我的秘書長嗎？就是希望你隨時提醒我在工作上面出現的問題呢。你是在省委組織部裏面工作過的人，應該比我更熟悉市委方面的工作，更何況，我們私下還是朋友，你還擔心我的情緒幹什麼？」

康得茂的臉上通紅，急忙地道：「常書記，我錯了，今後一定注意。」

我急忙地道：「姐，得茂畢竟才和你一起工作的時間不長，他也需要一個瞭解你的過程啊？你現在是他的頂頭上司，他肯定會戰戰兢兢的啊。」

康得茂頓時朝我投來了感激的眼神。

常育笑道：「看來我也有責任，到了新的崗位上之後，一直在忙，還沒來得及找小康仔細談話。這樣也好，趁今天這個時候，把話題談開了，不是更好嗎？不過小康，今後你不要再這樣了，有什麼事情，直接告訴我好了。」

「是。」康得茂恭恭敬敬地道。

「小康，雖然你的意見很對，但是，我暫時還不能接受。因為我剛剛到一個地方當第一把手，首先必須瞭解各方面的情況，特別是幹部的情況。你是從省委組織部出來的人，應該知道用人的重要性。如果我不先把當地幹部的情況摸清楚的話，下一步怎麼進行幹部調整呢？對，市委書記是應該管宏觀的東西，但是，那必須在心裏有數的情況下才能那樣啊。否則，就是糊裏糊塗幹工作，那樣是會出大亂子的。」常育接下來說道。

「常書記，是我糊塗了。看來，我需要學習的東西還很多啊。」康得茂心悅誠服地說。

洪雅笑道：「常姐，我們吃東西吧。你看，還是把這裏當成你們市委會議室了。」

常育大笑，「好，我們不談工作了。要怪就得怪小康，還不是他提起這碼子事情的？」

康得茂急忙地道：「我認罰，我自己喝一杯就是。」

接下來，大家一邊吃東西一邊說著閒話，因為考慮到常育晚上還有事情，所以，大家都沒喝多少酒。

期間常育講了一個笑話，我覺得很有意思。

「我最近聽一個編排我們當領導的人講的笑話，說某位領導在台上講話，中途忽然放下演講稿，生氣地大罵：別以為我不知道你們個個在下面玩手機！沒人會無緣無故地看著自己的褲襠傻笑。」

我們都大笑。

我說：「姐，那你今後可得注意了，儘量把演講稿寫得精彩一些才是。」

常育說：「那得看康秘書長的水準了。今後我講話的時候，如果有人在下面看著自己的褲襠的話，小康要負全部責任。」

我們再次大笑。

這頓飯吃得其樂融融。

離開的時候，我去送常育，同時把準備好的禮物遞給了她。

她頓時不悅，「馮笑，你和我還搞這些名堂幹嗎？這東西可不便宜啊，何必呢？而且，我也不敢用啊，被人看見了，會罵我是貪官的。」

我急忙道：「你悄悄用就是，這是我那岳父替我準備的。」

她看著我笑，「你終於叫他岳父啦？這個林老闆不簡單啊。好，我接受了。」

康得茂和常育一起走的，常育的車被駕駛員開走了。

離開的時候，康得茂來握我的手，「老同學，過年期間我們見一次面。」

「行。你現在可是單身一個，乾脆到我家過年算了。」我笑著說。

「那我真的來了？」他高興地道，卻看了我身後的阿珠一眼，隨即歎息，「不行啊，我得陪常書記去慰問職工和老百姓呢。到時候再說吧。」

常育和康得茂離開後，我才去向洪雅道別。

洪雅低聲地對我說了一句：「馮笑，你知道你那同學為什麼要在飯桌上談工作嗎？」

我搖頭，「談就談唄，哪有那麼多為什麼。」

她笑，「你那同學很不簡單，今後前途遠大。」

這下，我頓時詫異了，「為什麼這樣說？」

她隨即說出一句話來，我聽了後，頓時目瞪口呆。

第五章

送禮的大學問

現在我才發現，送別人東西也是一門大學問。
一方面，送的人要有面子，東西拿得出手；
另一方面，要對方能夠高興地接受。
這有著一種辯證的關係，需拿捏得恰到好處。
很明顯，林易在這方面是高手。

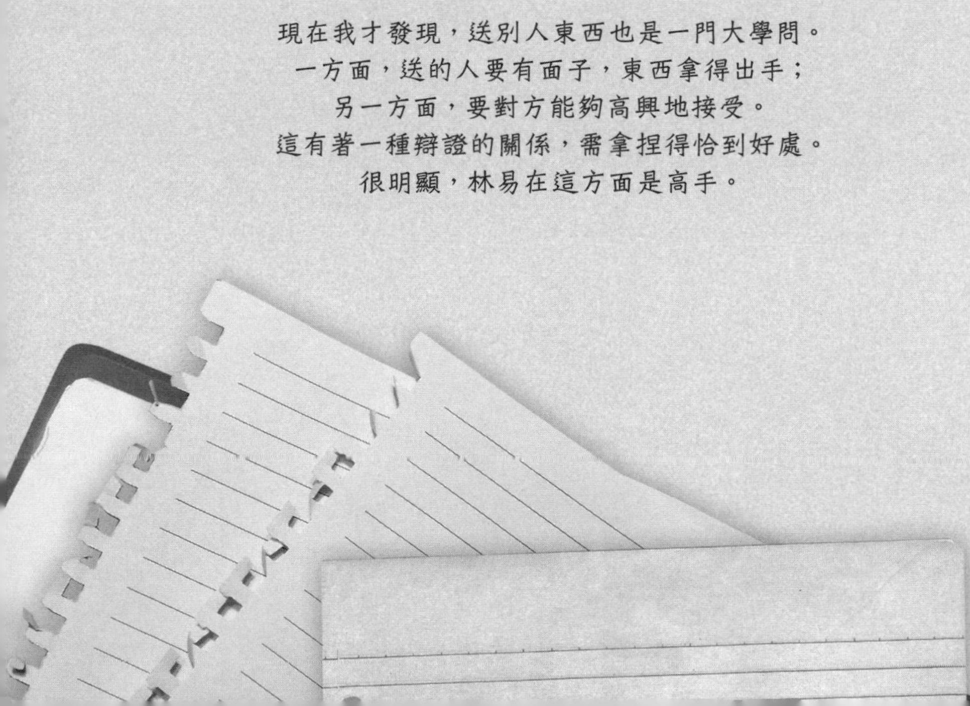

洪雅看著我笑，「馮笑，你那同學很不一般，考慮問題很縝密。其實，他哪裏是為了和常姐談工作啊？當然，談工作也是他的目的之一，或許他發現自己還沒有得到常姐完全的信任，於是，想趁今天這個機會，探一下常姐的口風。很明顯，他的目的達到了。」

我點頭，「這倒是。我那同學很聰明的，人也不錯。」

「我說的不是這個。馮笑，你知道嗎？他還有一個目的。我覺得吧，他是為了向你表明，他和常姐沒有你擔心的那種關係。」她隨即對我道，然後，看了一眼遠在我車旁邊的阿珠。

我似乎明白了，「洪雅，你別胡說。」

「真的，你想想就明白了。至少我是聽出來了。如果我是你的話，就會這樣想：他們兩個人的關係如果是那麼密切的話，這些話肯定不會輪到今天來說的。馮笑，你說是不是？」她說完後便笑。

我苦笑，「也只有你這樣的人，才會去想這些複雜的事情。怎麼可能嗎？常姐是市委書記，康得茂是市委秘書長，他們兩個人怎麼可能會那樣嗎？一個眼神不對，就很容易被人看出來的。常姐可不會犯這種低級錯誤呢。」

她詫異地看著我，「馮笑，你說得對啊，我怎麼沒想到？常姐要是聽到了你這句話，肯定會很高興的。」

「常姐現在是市委書記，她考慮問題肯定比以前更全面、更縝密。是你把她看得簡單了。而且，她即使聽到我這樣說，也不會像你想像的那麼高興的，因為她已經不再是以前的她了。洪雅，難道你沒有發現，她比以前更具備當領導的氣質了嗎？」我說。

她點頭，「是的。」

「這個，我送給你的，算是我給你拜年了啊。」於是，我把手上的東西朝她遞了過去。

這是我親自去商場買的，因為我想到今天她要來，所以才臨時決定去買了這東西，也是化妝品，不過與常育的那種不一樣。

到商場後，我發現給林易準備的那套化妝品太昂貴了。不過，我給洪雅買的這套也並不便宜，因為我想到，她畢竟也是見過世面的女人。

「這是什麼？」她接了過去，頓時高興起來，「馮笑，想不到你竟然在心裏想著我，送我這麼貴重的禮物。」

「過年嘛，是我的一點小心意。」我朝她微笑著說。

「馮笑，如果不是你那小師妹在的話，我真想狠狠親你一口。」她低聲地說，隨即發出一陣輕笑。

「別這樣。」我頓時慌亂起來。

「我不會的。常姐在吃飯之前已經告訴我你導師的事情了。唉！你這個小師妹真可憐。馮笑，你準備什麼時候把她也拿下啊？」她笑著問我道。

「你別胡說。我現在……唉！我家裏的事情你不知道，我現在對我以前的事情後悔不已。算了，不說了，我要回家了，祝你春節愉快。」我頓時尷尬起來，本來很想對她說不要再像以前那樣了，但發現自己在這樣的情況下，根本說不出口來。

她卻忽然叫住了我，「馮笑，你那套別墅，我已經替你裝修好了，你什麼時候去看看？你別怪我自作主張啊，這可是常姐親自交辦給我的任務。」

「多少錢？我明天給你。」我急忙地道。不過，我在心裏有些不大高興：裝修可是要合乎自己的風格的。不過，既然已經這樣了，我就不好說什麼了。

「別和我談錢的事情啊。常姐吩咐的事情，我必須給你做好。」她說。

「這樣不行啊，我們雖然是朋友，但最好還是把賬算清楚的好。你說是不是？不然，我老是覺得在占你的便宜。」我說。

她輕笑道：「你占我的便宜還少了？我的人都是你的了。明天你來看了再說吧。」

我急忙地和她道別了。因為我發現，她的話讓我有些意動了。

回到家，父親很詫異，「這麼早就回來了？」

我笑道：「就是吃了頓飯，隨便聊了會兒。」

父親正抱著孩子站在客廳一角的鋼琴旁邊。他打開了鋼琴的蓋子，用手摁鋼琴的琴鍵，頓時傳出響聲。

父親說：「咦！他聽見了，眼睛睜開了。」

我心裏頓時一動，同時也激動起來，急忙拿出手機開始撥打，「上官，我想麻煩你一件事情。」

「你說吧，能夠為馮大哥效勞是我的榮幸。」她笑著說道。

「上官，是我麻煩你呢。」我說，忽然想到一個問題：她怎麼不問我ＤＮＡ檢測的結果？又想道：可能她不方便問吧，也許是等我主動告訴她呢。

「呵呵！馮大哥，你說吧，還有什麼事情需要我效勞的？」她笑道，聲音柔和了許多。

「我想麻煩你幫我找一個鋼琴彈得好的人。陳圓以前不是很喜歡彈琴嗎？我想，或許琴聲可以讓她醒過來。」我說。

「這倒是啊，我怎麼沒想到？」她說，「行，明天我就去給你聯繫。對了，你有什麼具體的要求沒有？」

「只要彈琴的水準比較高就行。陳圓的琴彈得好，我想，必須要和她水準差不多的才可以打動她吧？」我想了想後說道，忽然又想起一件事情，「對了，不要和對方談價格，對方說多少我就給多少。」

「唉！馮大哥，你真是……呵呵！你這人吧，真是太好了。你放心吧，我會和對方談好的。」她歎息之後又笑道。

我心裏對她更加感激。

第二天上午，上官果然帶來一個人。一位年輕帥氣的男子，大約二十五六歲的樣子。他留著長髮，下身牛仔褲，上身是一件紅色的羽絨服，看上去很陽光。

「這是宮一朗，曾經獲得全國鋼琴類比賽的亞軍。我和他談好了，每天他到你家裏彈兩個小時的琴，兩百塊錢一個小時。」上官介紹說。

我的父母，還有阿珠都張大了嘴巴。

我急忙地道：「行，就這樣吧。每天兩個小時，時間由你自己決定。上午也行，下午也可以。」

「對曲目有什麼要求嗎？」宮一朗問道。

我覺得這個人的名字雖然有些怪，但他的形象我倒是覺得不錯，而且態度也很不錯。隨即我回答道：「舒緩一些的吧。我也不懂，不過，我妻子以前最喜歡彈奏那種像流水一樣的琴曲，我也不知道是什麼曲子。」

「那會是什麼曲子？」他仰頭思索，隨即走到鋼琴旁邊，揭開琴蓋，用他修長的手指在琴鍵上滑動了一下，悠揚的琴聲頓時如同流水一般傾瀉了出來，我頓時有了一種沁人心脾的爽利感受。

我沉醉了，急忙問他道：「就是這個，我妻子以前經常彈奏這首曲子。這是什麼曲子？」

他微笑著回答道：「這是理查・克萊德曼的《愛的紀念》。」

愛的紀念？我頓時呆住了。

我在想，陳圓是從什麼時候開始彈奏這首曲子的？原來它叫《愛的紀念》……紀念？她紀念什麼？這一刻，我彷彿明白了：她在住院期間，因為我對她的喚醒，所以我的聲音進入到了她的潛意識裏，她醒來後便愛上了我。但是，她知道我和她不可能，所以才會紀念？也許不是，也許這首曲子只是一首好聽的曲子罷了。或許她覺得旋律好聽，僅此而已。

不過，當宮一朗彈奏出這首曲子的時候，我頓時沉醉了，從他手指處跳躍、飄散出來的音符，讓我彷彿回到了從前。長頭髮的宮一朗頓時幻化成了陳圓的樣子。陳圓……我在心裏低聲地呼喚，一直到音樂聲停止我才清醒過來。

原來這首曲子叫《愛的紀念》……我猛然想起了什麼，即刻跑進臥室裏。我的心裏充滿著期冀，甚至還有幾分激動，因為我忽然感覺到陳圓已經醒過來了。但是，我失望了，眼前的她依然在沉睡著。

「圓圓，你怎麼還是不醒過來呢？」站在她的面前，我喃喃說道，有一種責怪她的情緒。

「馮笑，她以前很喜歡聽這琴聲嗎？」我忽然聽到阿珠在我身後問道。

我點頭，「是啊。而且，她本身就彈奏得很好。」

「那你別著急，慢慢來吧。畢竟她是腦損傷，不是單純的昏迷。單純的昏迷是一個人自己把自己包裹了起來，腦損傷卻是需要慢慢恢復的，畢竟有器質性的病變啊。」她說。

我搖頭，「腦損傷也只是分析罷了。核磁共振都沒有看到她腦組織的損傷部位呢。我覺得她腦部缺氧只是一個方面，應該還有懷孕期間的恐懼。也就是說，我覺得她的昏迷應該是綜合性的。所以，我堅信可以喚醒她。」

「既然這樣，那你就更不應該著急了啊？」阿珠說。

我點頭，隨即走了出去。

我對宮一朗說：「就這樣吧，今後麻煩你每天都來。時間你自己定。報酬的問題，上官已經和你談好了，我沒有意見。不過，有件事情需要你決定，你看是每天結賬呢，還是一月結一次？」

「一周結一次吧，可以嗎？」他問道。

我點頭，「沒問題，那就這樣定了，今後可就麻煩你了。」

「談不上麻煩。我彈琴，你付錢，公平合理。」他笑著說，雙眼一直在看我。

我估計他是在奇怪我為什麼要請他來彈琴，於是解釋道：「我妻子昏迷不醒，她以前很喜歡彈琴。我希望能夠通過你的琴聲喚醒她。」

他點頭，眼神有些奇怪，「原來是這樣。看來我的這份工作還很有意義呢。那好吧，我每天早晚各來一次，每次彈奏一個小時。我想，這樣效果可能要好些。」

我沒想到他會這樣安排，心裏當然高興，「這樣一來，你就要多付出一趟車費錢了，這樣吧，我再給你加五十塊錢。」

他卻搖頭道：「不用了，我是因為被你感動了才願意這樣的，我彈琴也不僅僅是為了錢。」

我頓時對他肅然起敬。

「春節後開始吧，最近我還有些其他的事情。」宮一朗接著說。

我當然不會強求他，春節畢竟是大節日，每個人都會有自己的事情的。

「這得花多少錢啊？關鍵是，有用嗎？」宮一朗和上官琴離開後，母親對我說。

「只要有一線希望，我都要嘗試。」我說。

母親不住地歎息。

整個下午我都在想著晚上吃飯的事情。我不知道應該叫上哪些人一起去作陪。三點過的時候，我主動給章院長打了個電話，我直接問他：「章院長，晚上，您那邊有哪些人啊？」

「你安排了誰？」他問道。

「就我一個人。」我說。

「總不可能我們兩個人去吃飯吧？那多無趣？」他笑道

我急忙地道：「章院長，您安排吧，我實在不知道哪些人合適。」

「我叫上幾位副院長吧，你把你們秋主任也叫上。這樣的話，就可以湊成一桌了。」他說。

我心裏頓時大喜，因為他替我解決了這個難題。於是連聲答應。不過，我隨即卻為難了：這禮物該怎麼準備啊？現在我才真正發現自己的笨。左思右想後，還是沒有想到辦法，於是只好無奈地拿起電話給林易撥打過去。

他聽了後笑道：「這很簡單，你別著急，我讓小李給你準備好東西。對了，晚上讓他開車接送你吧。他不參與宴會，就在車上等你就是。」

「這不大好吧。」我說。

「他是駕駛員，懂得規矩的。就這樣吧，到時候我讓他與你聯繫。對了，今天晚上你請客的地方還沒確定吧？我讓小李馬上去安排。我還有事情，我也要去拜年呢。唉！每年這時候都這樣，忙得我團團轉。」他說。

我忽然想起他曾經告訴我的那件事情來，隨即說道：「好，讓小李馬上去訂吧。我忽然想起你以前交辦給我的一件事情。我看這樣，我給常姐打個電話，請她幫忙把黃省長請出來。」

「這件事情……」他沉吟道，「這樣吧，你可以在她面前提一下，具體的還是得聽她的。不過，你一定要策略一些，不要直接說出來。我說過，這件事情不著急，一定要順其自然。」

「好，我明白了。」我說，心裏頓時鬆了一口氣。剛才，在我自己主動提出這件事情來的時候，心裏就後悔了，因為我覺得，這件事情的難度可不是一般的大。幸好他這樣說了，不然的話，我還真擔心自己將自己為難住了。

剛剛掛斷電話，洪雅就打進來了，「你的電話真是熱線啊。」她笑著對我說。

「說點事情。不是馬上要過春節了嗎？我要請領導吃飯呢。」我說，忽然想起我們昨天晚上約定的事情，「你在什麼地方？我馬上過來。」

「就在家裏，你馬上過來吧。呵呵！你現在可是大忙人了。」她說。

「好，我馬上過來。」我急忙地道。

看了看時間，我即刻出門了。

上車後，我才給小李打電話，「地方訂好了馬上告訴我。」我估計這時候林易已經把事情交代給他了。

果然如此，他即刻回答道：「這幾天大酒店的生意太好了，我正在聯繫。」

「那麻煩你快點，我要告訴客人們。對了，你們老闆讓你準備什麼禮物？」我隨即問道。

「購物卡，本市一家連鎖大商場的購物卡。每張卡裏面有兩千塊錢。這樣多好？」他說。

我頓時覺得林易的這個安排簡直太絕妙了。是啊，這樣多好？花的錢不多，而且還實用。太好了！現在我才真正感覺到，林易真的經驗豐富。

能夠將一家公司做到他那樣的規模，當然是有道理的。我在心裏想道。

現在我才發現，其實送別人東西也是一門大學問。一方面，送的人要有面子，東西拿得出手；另外一方面，還要對方能夠接受，而且是高興地接受。這裏面有著一種辯證的關係，而且需要拿捏得恰到好處。

很明顯，林易在這方面是高手。

不一會兒，小李打來了電話，告訴我晚上吃飯的酒樓和雅間的名字。

我知道那個地方。那是本市相對高檔的一家酒樓。

我隨即給章院長打了電話。

「我們六點半到。」他說。

剛進社區的時候，我就給洪雅打了電話，我讓她馬上下樓。說實話，我不想和她再像以前那樣。

還好的是，她連聲答應。

我到了她樓下的時候，她還沒下來，等了十來分鐘才看見她慢騰騰地出現了。

「怎麼這麼慢啊？我晚上還有事情呢。」我責怪地道。

「我是女人呢，怎麼能隨便就出門啊？總得打扮打扮才行的啊。」她笑道，對我的責怪不以為意。

「看來你對自己沒有信心，沒有信心的女人才喜歡打扮呢。」我說。

「錯。」她說道，「越漂亮的女人就越注重自己的外貌，這樣自信心才會更足。明白嗎？還婦產科醫生呢，對我們女人一點都不瞭解。」

我大笑，「還別說，我真的不知道。」

「今後多學習吧。走，就前面，轉過彎後上那座小山。」她指了指前面說道。

「到了，就這裏。」我不知不覺中已經將車開到了小山上面了，她指著前面一片竹林旁邊的一棟漂亮別墅說道。

「怎麼樣？不錯吧？」她問我道。

我點頭，歎息了一聲，「真不錯，太漂亮了。」

裏面的裝修簡約而厚重。簡約的是並沒有使用多少材料，傢俱也不是那麼的多。厚重的是顏色，裝修材料幾乎都用純木材。我很喜歡。

「怎麼樣？這樣的風格還喜歡吧？」她問我道。

「你怎麼知道我喜歡這樣的風格？」我詫異地問她道。

「常姐告訴我的。她說，你年齡雖然不大，但性格沉穩，所以會喜歡這樣的風格。馮笑，你看，我給你挑選的電器都是厚重的顏色。」她說。

我不禁感慨：想不到常育竟然這麼瞭解我。

「花了多少錢？我春節後把錢匯給你吧。」我說道。

「什麼錢不錢的？」她卻媚了我一眼，「馮笑，現在還早，你好好讓我舒服一下就可以了。」

我心裏頓時一蕩，同時也即刻矛盾起來，「洪雅，別……」

她卻即刻朝我的身體靠了過來，親吻了我的臉頰，還有我的唇，她的手已經到達了我的胯間，我身體裏面的燃料頓時「轟」地一下被她點燃了……

「馮笑，你很久沒和女人在一起了吧？怎麼反應這麼快？」她的唇在我耳畔低聲地說道。

我頓時口乾舌燥起來，「我……」

當我從她身體裏出來的時候，有些詫異，急忙問她道：「洪雅，你例假都沒乾淨，怎麼不告訴我一聲啊？」

「我沒來例假啊？」她說，隨即轉身來看我的胯間，「啊？怎麼有血？」

我頓時明白了，「洪雅，你明天一定要去醫院檢查一下。」

她頓時慌亂起來，「怎麼回事？」

我搖頭，「不知道，不過肯定有問題。明天到醫院去吧，我給你檢查一下。」

「怎麼會這樣？怎麼會這樣？」她明顯地不安起來。

「你趕快去洗洗。記住啊，明天一定要去醫院啊。嗯，到時候我給你打電話。」我說。

「今天晚上行不行？我和你一起去吃飯，飯吃完後我們一起去醫院。」她說。

我搖頭，「不急在這一時半會兒的。今天晚上我和我們醫院的領導一起吃飯。你去了不大好。你說是不是？」

「不行，今天再晚我都要等你，太嚇人了。」她說。

我苦笑，「那好吧。」

她即刻去到洗漱間，結果很久才出來。

她出來後，坐在沙發上道，「馮笑，現在不是還早嗎？我們馬上去醫院。」

我看了看時間，「不行了，我們六點半吃飯，現在已經四點鐘了，到醫院的時候起碼五點鐘，來不及了。」

「唉！」她頹然地躺在了沙發上，嘴裏嘀咕：「你舒服了，把我卻嚇壞了。」我頓時哭笑不得。

其實，我心裏也在猶豫：是不是馬上到醫院給她做檢查？她究竟是什麼問題？

「要不走吧，我們馬上去醫院。」我隨即說道。因為我已經想好了，我可以在車上完成問診的過程。

「太好了，馮笑，還是你對我最好。」她即刻過來親吻了我一口。

我讓她開的車，因為她的技術熟練，可以快速到達醫院。

直接到了科室，然後直接帶她進到檢查室。即使我和她這麼熟悉，我還是安排了護士在場。這是規矩。

奇怪的是，在經過檢查後，我並沒有發現什麼問題。她的宮頸平滑，B超檢查的結果也沒有發現子宮上面有腫塊。我開始思索：究竟什麼問題？

見我不說話，她卻著急起來，「究竟是什麼問題？是不是很嚴重？」

我忽然想到了一種可能，於是問道：「你安放了節育器沒有？」

她「啐」了我一口，「人家還沒生孩子呢，怎麼可能放那玩意？」

於是我也笑，「我是要排除這種情況。呵呵，沒事了。」

她從檢查床上下來，狐疑地看著我，「沒事了？那怎麼會出血？」

我朝她微微地笑，「你這是功能性子宮出血。中醫認為，這是因為肝腎不足、脾腎陽虛，或者淤血阻滯造成的。比如早婚早育、房勞傷精，過多流產等，致使精血虧虛，肝腎陰虛。陰虛生內熱，熱灼沖任，迫血妄行而致功能性子宮出血。或者房勞多產，久病損傷，飲食勞倦等脾腎受損。脾陽虛則統攝無權，腎陽虛則封藏失職，以致沖任不固，造成功能性子宮出血。也或者肝鬱氣滯，血行不暢；或寒凝血瘀，淤血阻滯沖任胞宮，新血不得歸經，故出現功能性子宮出血。西醫認為，這是激素的問題。不過道理是一樣的。」

我看著她，說了一句，「洪雅，儘快找一位男朋友吧。」

「誰叫你老是不來找我的？」她低聲地、哀怨地對我說了一句。

我大吃了一驚，要知道，這裏可是病房。我急忙看了看檢查室的門口，還好，那地方空落落的，並沒有人。

「馮笑，你真聰明。既然你已經知道了，那你今後就應該經常來找我。」她媚了我一眼，頓時滿臉緋紅。

「洪雅，我已經結婚了，不可能那樣的。」我急忙走到檢查室的門口處，因為我必須看到外邊沒人才完全放心。

她卻隨即長長地哀歎了一聲……

「馮笑，問題是，我現在根本就不敢相信其他的男人。晚上你吃完飯後，我們去喝咖啡吧，我想對你講講我的故事，可以嗎？」她幽幽地對我說道。

「好吧，那你現在怎麼辦？」我問道。

「我去逛商場，然後在酒樓旁邊的咖啡店等你。你吃完飯後給我打電話吧。」她說。

我答應了。

我答應她，是因為我對她充滿著好奇，因為一直以來我對她並不瞭解，雖然我們已經不是一般的關係。

我不知道這究竟算不算是自己的缺點：馮笑，你怎麼總是對你身邊的女人充滿著好奇呢？難道，你不知道好奇是出軌的前奏嗎？

我當然知道，但卻不能自制。

第六章

男人的肉體和靈魂

我的內心深處一直這樣認為：
男人的肉體和靈魂是可以分開的，
只要我的靈魂不去背叛陳圓就行了。
我還年輕，三十出頭，如果陳圓一直昏迷下去，
我總不能不過性生活吧？只要自己不去嫖娼不就可以了？
我一邊幹著不該幹的事情，一邊在找理由替自己辯解。

晚宴花費了兩個多小時，無非是大家客客氣氣地吃了頓飯。

小李來了後，我讓他回去，他說老闆吩咐了的，要給我開車，必須保證我的安全。我說現在我說了算，硬是把他給攆走了。

我心裏不禁慚愧，因為小李畢竟是好意，但我不想讓他知道我和洪雅飯後要去喝咖啡的事情。

晚宴當然以章院長為主角了，他在桌上談笑風生的，其他幾位副院長都不住奉承他。

我無法想像，這幾位平常在我們醫生面前架子端得大大的副院長，竟然還有如此奴顏的一面，心裏不禁感歎：這人一當上官了，就沒有了知識份子的樣子了。

想這幾位副院長，他們可都是專家級別的人，單憑他們的學術水準，可都是本院頂尖的人物。但是，我想不到自己在酒桌上看到的會是他們的另一面，不由得感慨：原來官位可以造成一個人的骨頭發軟。

不過，想想也就覺得可以理解了，官位代表的是權力啊，權力是什麼呢？不就是男人夢寐以求的東西嗎？權力這東西一旦擁有，就如同沾上了鴉片一樣，會上癮，總希望在保有現有權力的同時更上一層樓，然後去擁有更大的權力。所以，在權力面前，很多人覺得可以讓步。

最後是章院長提議結束，「今天就到此為止吧。最近大家都很辛苦，慰問的慰問，拜年的拜年，明天就要放假了，大家也好好休息幾天吧。這一年到頭，大家難得有這樣的休息時間，喝醉了，明天睡過去就不划算啦。」

大家都笑。

我急忙站了起來，拿出小李給我的那一疊購物卡，然後說道：「各位領導，馬上就要過年了，這是我的一點小心意，希望各位領導笑納。」說完後，我開始給他們分卡，從章院長開始。

不過，我的心裏怪怪的，因為我發現，自己的骨氣也好像在喪失。

「這樣不好吧？」有位副院長說道。

「大家拿著吧。這是馮主任的心意。東西不重要，關鍵是小馮有這個心。今後大家多支持一下他的工作就是了。對了，年後啊，我準備把秋主任完全從婦產科裏面脫離出來，因為不育中心那邊的事情太多了。秋主任，你覺得怎麼樣？」章院長說道。

「小馮現在完全可以獨當一面了。說實話，他很多方面比我幹得好呢。」秋主任連忙說道。

「那就這樣定了。」章院長說。

我急忙地道：「這樣不行吧？我可幹不下來。」這是必需的謙虛，必需的。

「沒問題的，我信任你。」章院長說道。

大家都開始表揚我的能幹。我很惶恐，真的惶恐，因為我知道，在座的人不過是不想抹了章院長的面子罷了。

俗話說，花花轎子大家抬，更何況今天我請他們吃飯，而且還給了他們每人一張購物卡呢。當然，兩千塊錢的購物卡對這幾位來說不算什麼，他們都是有錢的主，但是，他們也不會伸手來打我這個笑臉人不是？

晚宴終於結束了，我客氣地送走了他們，心裏頓時長長鬆了一口氣。

我發現，請客原來比啥都要累。

我隨即拿起電話給洪雅撥打，同時心裏想道：她曾經有過什麼樣一種感情經歷呢？以至於讓她如此害怕去交男朋友？

電話通了後，我不禁暗自失笑，因為我發現，自己對面就是那家咖啡廳。

她在電話裏說：「我看到你了。」

忽然發現，從對面的窗戶中伸出一隻手來向我搖晃，而且還隱隱聽見了她的聲音。

我急忙朝對面跑去。

剛剛到咖啡廳的樓下，我忽然聽到自己手上的電話在響，看也沒看就接聽，我覺得這時候給我打電話的很可能是家裏，在問我什麼時候回家。

現在我已經三十多歲了，不過，在自己父母眼裏我依然是小孩子，他們總是喜歡管著我。或許，他們是希望我早點回家，能夠和他們多說說話。

我正想著如何回答，耳邊卻傳來了蘇華的聲音，「馮笑，我要到你家裏過年。」

我很詫異，「怎麼啦？」

「我回家了，我父母整天在我耳邊嘮叨，我實在受不了了。」她說。

「他們都是好心，你要理解他們。」我說。

「不，我實在受不了了。我明天就到你家裏來，正好明天開始上班照顧你老婆。」她說，隨即掛斷了電話。

我不禁苦笑：她現在這樣一種狀況，她的父母不嘮叨才怪了。其實，父母嘮叨的原因就是不放心啊。

這時候我忽然想到，我父母以前也很嘮叨的，現在怎麼不像以前那樣子了？或許他們對我已經比較放心了。

我苦笑著搖頭，然後進入到咖啡廳裏面，手機又響了，「馮笑，明天我回江南過年，住到你家裏來好嗎？」

我頓時怔住了，因為這個電話是莊晴打來的。

其實，我也曾偶爾想過這個問題：萬一春節期間莊晴回來了怎麼辦？因為我知道，莊晴獨自一個人在外面是很孤獨的。特別是她離開江南後的這第一個春節。

但是，我刻意不讓自己去想她。

然而，讓我想不到的是，她竟然真的做出了這樣的決定，真的準備到我家裏來住。

我不能接受她的這個請求。這樣絕對不行。

「莊晴，我父母來了，陳圓和孩子也被我接回家了，這樣不大方便。」我委婉地說道。

「那我怎麼辦？總不能讓我去住酒店吧？」她說，很不滿的語氣，「我一個人孤苦伶仃的，還不如不回來呢。」

我頓時有些心軟起來，「莊晴，你可以回來的啊，你父母不是在江南嗎？你應該回去看看他們才是。」

「我是要回去的啊，但回去就幾天的時間。我家在農村，那裏的條件很差，洗澡都不方便，我才不想一直待在鄉下呢。過完大年初一，我就要回省城來。這次我們放兩週的假，剩下的時間我去哪裏？」她說。

我也很為難，「這樣吧，你先回家，大年初二再說吧。」

「好吧。我明天上午十點半到江南，你到機場來接我，然後請我吃午飯。」她說。

「好吧。」我沒有猶豫。是忘記了猶豫。

本來，我早已決定不再和她接觸，但是現在，我才發現自己根本就做不到。

我心裏不禁歎息，隨即掛斷了電話。

進入到咖啡廳裏的時候，我一眼就看到了洪雅，她就坐在進門一側靠窗的一處位置上。

臨近春節，咖啡廳裏的人也少了許多，寬敞的咖啡廳裏稀稀拉拉的只有幾個人，而且，好像都是情侶。

「我明明看到你過來了，怎麼這麼久才進來啊？」洪雅不滿地對我道，同時還有些詫異。

「我接了幾個電話，不好意思。」我說。

「哦，你想喝什麼？我幫你叫。」她說。

「隨便吧。我喝了酒，來杯茶最好。」我說，隨即笑道：「不知道這地方有沒有茶？」

「肯定有的啊，茶有很多種，龍井、鐵觀音、普洱、紅茶，你喜歡哪種？」她問道。

「就綠茶吧，主要是想解渴。」我說，隨即詫異地問她道：「洪雅，今天你怎麼好像不一樣了？變得嘮叨起來了？」

她瞪了我一眼，「人家明明是關心你嘛，你卻說我嘮叨。你討厭！怎麼這麼不服好啊？」

我頓時笑了起來，「還別說，你這樣忽然溫柔起來，我還不大習慣了。」

「你的意思是說，我以前像母老虎？」她再次瞪我。

我淡淡地笑，「我可沒有這樣說。」

「馮笑，我以前對你確實不是那麼溫柔，說實話，以前我只是把你當成性伴侶罷了。但是今天，我發現自己錯了，因為我感覺到自己真的喜歡起你來了。你對我這麼好，不但可以給我的身體帶來快樂，而且還可以讓我的內心有一種依靠。我這個人本來就孤傲，我眼裏真正佩服的人只有兩個，一個是常姐，因為我從小就把她當成自己的偶像。而你，最開始的時候，我只是服從常姐安排罷了。不過，你確實讓我感受到了作為女人的樂趣，讓我在肉體上依賴上了你。但是今天，在我忽然意識到自己的身體可能存在極大問題的時候……馮笑，我心裏頓時一片冰涼。我的這種感覺，可能你永遠也無法體會。所以，我才想到要告訴你一切，我曾經的一切，因為我不想和你僅僅是肉體的關係。我的意思你明白嗎？」她的一隻手輕輕撫摸著咖啡杯的邊緣，另一隻手拿著小匙在杯子裏面輕輕攪動著說。

我當然明白，她的意思是，從今往後，要和我從肉體到靈魂都要融合在一起。但是，我並不希望這樣，因為我的麻煩已經夠多的了。

「洪雅，我們是朋友，本不該發生那樣的關係。所以，我們今後還是做純粹的朋友最好。你說呢？」

她的一雙美目怔怔地看著我，看得我有些惶恐……

忽然，她輕聲笑了起來，「馮笑，你放心，我不會要求和你結婚的，即使我想那樣，常姐也不會同意的啊。你說是不是？好，我們就做朋友，靈與肉都完全溝通、融合的朋友。可以嗎？」

「洪雅，你不是說要告訴我你以前的事情嗎？」我當然是為了轉移話題，因為她剛才的那個問題，讓我實在難以回答。

我的茶來了，冒著熱氣，一縷清香直撩我的鼻孔。

她開始緩緩講述她的故事——

「我從小脾氣就倔強，骨子裏卻很自卑，我是這種雙重性格的人。我父母都重男輕女，於是，我就下決心要做出一番事業來給他們看。那年我二十二歲，開始做貿易，結果真的掙了一大筆錢。我把這些錢匯給父母，頓時感覺鬆了一口氣，也洗掉了一點自卑感。當時我最大的感受就是：有錢就有了自信。

「回老家休息了一段時間後，我帶了很少的一點錢去到了上海。我故意給自己截斷後路，是想拚出一條血路。

「幾天後，我到一家酒吧做促銷員。老闆很精明，知道我在上海人生地不熟，但他知道，我在酒吧門口一站，就是一道風景線，簡直就是他的一棵搖錢樹。

「酒吧是個魚龍混雜的場所，想在這種地方生存，人就要變得像個妖精，變不了，也要表面裝出女人味。當然，我骨子裏是純潔的，我也不滿於在這種小池塘裏小打小鬧，我知道，自己遲早會是在大海裏衝浪的人。

「不幸的是，一場車禍幾乎改變了我的人生。有一天，我出去辦事，在香格里拉大酒店附近，被一輛車撞傷了，我的傷很慘，這是我做噩夢也不敢想像的事。你是婦產科醫生，應該知道，身體的傷會影響女人的內分泌，如果調理不好，會導致一個女人的外貌變得暗淡。

「所以，這種痛苦對我來說，幾乎和死亡沒什麼區別。我出車禍時，正好有個香港人路過，他送我去醫院，幫我付了幾千元費用，後來還一直照看著我。

「還不起錢的我，雖然不情願用身體去報答，但也好像沒有別的方式了。就這樣，出院後，我跟香港人發生著沒有愛的性關係。沒多久，我們就分手了。

「離開香港人後，我很快就被一家大公司的老闆聘為董事長秘書。那時的我，還有點單純，覺得工作做得好就有前途了。後來才知道，他聘用我為秘書，也是奔著我的美貌來的。有天晚上，他強行跟我發生了關係。此後，我表面是他的秘書，實際成了他的情人。而這種靠某種交易做成的情人，自然是沒有多少感情可言的。

「所以，有人說，情人是世界上最無情的人。俗話說，要想人不知，除非己莫為。自從跟他有關係後，我每天都要忍受公司同事奇怪的眼光。這種日子過得一點都不舒服，更談不上幸福。

「之後，董事長知道我不喜歡他後，找了個莫須有的罪名就把我炒了。我終於感悟到，一個女人，特別是漂亮的女人，一旦跟老闆有了那種關係，就等於在懸崖邊行走，看起來風景很美，其實很危險，隨時都有可能掉下深谷。

「此時，我最希望的是，一輩子能過平淡生活，我終於能理解『平平淡淡才是真』的哲學內涵了。我也希望能找到一個跟我結婚、一起慢慢變老的普通男人。

「再後來，我終於碰到了一個跟我一樣大的男孩。男孩只因為無意中說了一句『我想跟你結婚』就打動了我。我全身心地投入，扔掉所有的名片本和生意場上那些人的聯繫方式。我關起門來，給他做菜，給他洗衣服，我以為這樣做就可以做個賢妻良母了。但幾個月後，我發現自己又錯了，因為我在無意中發現，他竟然同時在和幾個女孩子談戀愛。

「於是，我對所謂的愛情完全失望了。我奇怪地發現，當一個人不再相信感情後，做起其他的事情來就順利多了。我很快就有了自己的事業，錢也越掙越多。當然，這一切都是因為常姐的幫助。

「在我最失望的時候，我無意間碰上了她，她瞭解到我的情況後，便托熟人、利用她身邊的那些關係，幫助我做生意。後來，我終於明白了，其實這個世界是平衡的，一個人在失去某些東西的同時，才會得到另外的東西。馮笑，你看常姐的情況，她不也正是這樣的嗎？」

她說到這裏便停住了，然後抬起頭來看著我，「後來的事情，你都知道了。馮笑，你覺得我是不是很傻？」

我心裏歎息，同時搖頭道：「每個人都有自己的夢想，這和一個人的性別沒有關係。你當年也是有夢想的人，所以，才不甘於那樣平庸下去。不管怎麼說，你已經奮鬥過了，而且，至少在事業上成功了。雖然在感情上傷痕累累，但是我覺得，你還是不應該放棄。也許上天是要你先解決事業的問題，再滿足你感情的需要呢。洪雅，其實真愛還是有的，雖然難以找到，但它畢竟存在。我想，只要你像對待你的事業那樣去尋找你的感情，就一定會成功的。關鍵是，你不要氣餒，更不要把你自己包裹起來。」

「這些道理我都懂。但我做不到，我一想起以前的那些事，就害怕。」她說。

我頓時黯然，因為我明白了一件事情：要解開一個人的心結，並不是那麼容易的一件事情。

她看了看時間，「時間不早了，你家裏還有人在，早點回去吧。」

「我先送你回家，然後再回去。」我說。

「我的意思是說，我們先去我家，你必須完成下午你沒有完成的事情，你明白嗎？」她媚眼如絲地說道。

我：「洪雅……你，你今天好好休息吧，吃點中藥，以後再說吧。」

「不行，我還難受著呢。」她看著我說。

我開始猶豫起來……

「走吧，不准耍賴！」她即刻站了起來，同時招呼著遠處的服務員結賬。

我不禁苦笑。因為我發現，這樣的事情被當成一種任務的話，就不好玩了。

與此同時，我發現自己已經不再內疚了，因為今天莊晴的那個電話讓我完全地、再次地墮落了。

而且，我的內心深處一直是這樣認為的：一個男人，肉體和靈魂是可以分開的，只要我的靈魂不去背叛陳圓就行了。而且，我自己知道，我永遠不會放棄陳圓的。這就夠了。

我現在還很年輕，三十剛出頭，如果陳圓一直這樣昏迷下去的話，我總不可能不過性生活吧？只要自己不去嫖娼什麼的不就可以了？我在心裏這樣替自己辯解。

當然，我替自己辯解的原因是，明天，莊晴就要回來了，還有蘇華。

其實，我們很多人都是這樣，一邊幹著不該幹的事，一邊找理由替自己辯解。

特別是現代社會，自欺欺人也是很多人的生活方式，其目的只有一個，那就是為了要求得心理上的平衡。

兩個小時後，我才回到了家裏。

「我給你泡了一壺濃茶。」阿珠對我說。

「沒喝多少酒。」我說。

「那你怎麼這麼晚才回來？」她問。

我心裏頓時不悅：你幹嗎來管我？嘴裏卻說道：「主要是聊天。一邊吃飯一邊聊天。」

她癟嘴道：「鬼才相信你！你們男人在一起喝酒，沒有不醉的。」

「你以為還是以前啊？在酒桌上面勸酒、讓別人喝醉，那是野蠻的做法，你以為是鄉下啊？現在，城市裏面的人都是借吃飯的機會談事情呢。」我說。

「那你也喝點茶吧，我看你很疲倦的樣子。」她說。

我頓時有些感動，同時也有些汗顏，因為我的疲倦完全是因為洪雅造成的。

「喂！你喝茶啊？怎麼傻了？」我正想著前面的事，耳邊忽然聽到阿珠在大聲叫，頓時回過神來，急忙從她手上接過茶杯，然後一口喝下。

猛然地，我差點吐了出來！

「阿珠，你什麼時候泡的茶啊？怎麼這麼冰涼？」

「啊，這是兩個小時前泡的。對不起，我馬上重新給你泡。」她這才說道。

我不禁苦笑，「算了，我要睡覺了。」

洗完澡我就去睡覺了，我感覺太疲倦了，而且，明天上午我還要去接莊晴。

對了，蘇華明天也要回來。

第七章

一觸即發的悲傷情緒

我頓時明白了：
她的內心一直是悲傷的，只不過被她壓抑住了。
現在，她的悲傷情緒被我撩撥了，才會猛然地爆發。
我想：也許她這樣把悲痛發洩出來會更好些。
不過，她的哭聲讓我感到心酸，因為她的哭聲很悲切，
還夾雜著呼喊，「媽媽……媽媽……嗚嗚……媽媽……」

睡覺前，我去到了陳圓的床前，她依然雙目緊閉，像睡著了的樣子。旁邊不遠處的小床上是我們的孩子，孩子也在熟睡。

我歎息了一聲，然後上床。

入睡前，我在心裏對自己說：這一天總算過去了，或許明天她就醒過來了。最近幾天，我都是這樣，每天睡覺前都這樣對自己說話。

是的，明天，這是一個帶有希望的詞。一個個明天就組成了未來，而我們很多人不也就是在為明天而活著嗎？

我早已經決定，從現在開始，每天在睡覺前都這樣對自己說這句話。因為我擔心，有一天我會喪失信心。

半夜的時候，孩子醒來了，他哭得驚天動地。

我急忙開燈起床，發現孩子竟然是看著陳圓的方向大哭。

我不禁驚喜，顧不得孩子的大哭，就去看床上的陳圓……頓時黯然，她依然如故。

我明白了，這僅僅是偶然。

「馮笑，怎麼了？孩子哭得這麼厲害，你怎麼不管他？」母親也被孩子驚醒了，她過來責怪我道。

「可能是餓了，我馬上去給他泡奶粉。」我說。

母親看到我正站在陳圓的面前，不禁歎息，「馮笑，你不能這樣。有些事情，你越是心急就越會失望，順其自然吧。」

我默然。

第二天早上我就起床了，吃完飯後，即刻出門。

「馮笑，今天還要上班啊？你們醫院不放假？」母親問我道。

「我一個朋友從外地來了，我要去機場接她。對了，媽，中午我不回家吃飯，我和我那朋友在外邊吃。她還要回她農村的家裏去。」

「你要送她啊？」母親問。

我搖頭，「只接她，然後請她吃頓飯，盡一下地主之誼嘛。」

這時候，阿珠出來了，她身上穿著睡衣褲，睡意矇矓的樣子，「馮笑，我也想和你一起出去。」

「你繼續睡覺吧，你看你，瞌睡還沒醒的樣子。」我朝她笑道，「時間來不及了，人家的飛機馬上就要到了。」

「就是你，我睡得好好的，被你吵醒了。」她說。

「對不起，你繼續睡吧。」我依然朝她笑道，然後快速出門。剛剛到樓下，就接到了童瑤的電話，「阿珠父母的屍體可以火化了。你看，是我們幫忙火化了呢，還是她自己來領去火化？」

我頓時怔住了，因為我一時還沒有反應過來，一瞬之後，我回答道：「這樣吧，我馬上問問她。」

急忙回到家裏，發現阿珠不在客廳裏面，「媽，阿珠呢？」

「她又去睡覺了，我讓她吃早飯她也不吃。」母親搖頭說。

我急忙去敲阿珠的門，說道：「阿珠，你快開門，有一件重要的事要你自己決定。」

一會兒之後，她打開了門，不住地揉眼睛，「什麼事啊？」

我低聲地對她說道：「童瑤問你，可以去領取你父母的屍體了。你看，是請他們幫忙火化呢，還是你自己安排這件事情？」

她的眼睛頓時紅了，呆立在那裏不說話。

我心裏很著急，「阿珠，你快決定啊？我馬上要去機場接人呢。」

「我不知道，我真的不知道……嗚嗚！我想去看看他們，但是，又害怕去看他們。嗚嗚！我真的不知道，嗚嗚！」她忽然地大哭了起來。

母親過來了，「馮笑，什麼事情啊？怎麼把阿珠惹哭了？」

「媽，您別管，她父母的事情。」我急忙地說。

「哦，我剛才依稀聽見了你們說的事情了。這樣吧馮笑，你幫阿珠決定一下吧，畢竟你是阿珠媽媽的學生。阿珠一個女孩子，在這種情況下拿不了主意，也是很正常的。」母親說。

我想了想後，說道：「阿珠，你看這樣行不行？我讓警方先將他們火化了，然後，我們再去買一個墓，安放你父母的骨灰。雖然他們生前鬧了不愉快，但是，他們死後還是在一起吧。你覺得呢？」

她只是哭泣卻不說話，我想到機場距離這裏比較遠，而且城市裏面經常出現堵車的情況，所以心裏很著急，說道：「阿珠，如果你不反對的話，我就這樣回話了啊。」

她終於說話了，「我聽你的……嗚嗚！」

到機場的時候還早，不到十點鐘。大城市就是這樣，平常出差的、進城的人把城市擠得滿滿的，一到春節，人們要麼龜縮在家裏不出門，要麼出城去探親訪友，於是，城市就變得空空蕩蕩起來，道路頓時就變得寬廣了。

因此，我順暢地到達了機場。

在候機廳裏面坐下，我隨即給童瑤打了電話。

在來機場的路上，我一直在思考自己對阿珠的那個提議。現在，我想清楚了，我覺得導師和唐老師在被火化前，還是應該讓阿珠去看他們一眼。

人的肉體和生命一樣，一旦消失了就再也看不見了。看照片與看遺體完全不是一樣的感覺，看遺體的時候，才會真正感到親人的離去，才會感受到生命的可貴。

「童瑤，這樣吧，下午我和阿珠來一趟，我想帶著她來和她父母道個別，然後，再委託你們火化吧，順便也好把需要的費用交了。」我對童瑤說。

「行。那我馬上給火葬場聯繫一下，今天下午晚些時候火化。他們的屍體我們提前送到火葬場去。你看，是不是需要租一間靈堂、搞個簡單的遺體告別儀式什麼的？」她問道。

我想了想，「算了，要搞儀式的話，也只能請醫院方面的人。但是，這件事情比較不是什麼光彩的事，還是算了吧。就我和阿珠去給他們道個別就行了。」

「也行。」她說。

電話掛斷後，我不禁感歎，因為我這才真正感覺到，童瑤是位很不錯的朋友。

在機場，我買了本雜誌慢慢地看，不然，我會覺得時間過得太慢了。

終於到了十點半，聽到了廣播傳來的北京到江南班機到達的消息。我即刻站起來去往出機口等候。

果然，不到十分鐘，我就看見她跑出來了。蓬鬆的頭髮，紅色的羽絨服，下身是牛仔褲，手上拖著一個大皮箱。

我急忙朝她招手。她歪著頭朝我笑，慢慢來到我面前，「馮笑，你怎麼就這樣子來接我啊？」

我頓時疑惑了，「怎麼樣子？你想要我怎麼樣子來接你？」

她看著我笑道：「你應該身穿筆挺西裝，腳下的皮鞋擦得亮亮的，頭髮也梳得光溜溜的，這樣才隆重啊。」

「還應該帶一個樂團來呢！不，還應該帶一群護士來，讓她們手捧鮮花夾道歡迎。」我大笑，隨即從她手上接過了皮箱的拉杆。

她即刻挽住了我的胳膊，我猛地一哆嗦。

她詫異地看著我，「怎麼？你冷啊？」

就在她挽住我胳膊的那一刻，我的身體猛然哆嗦了一下。這是我內心深處的害怕，或者是緊張。

我沒有說話，而是急忙四處張望。

她頓時道：「馮笑，你怎麼了？怎麼變得這麼膽小了？你那岳父不一定是真的呢，你怕什麼怕？」

我頓時生氣了，「莊晴，你胡說什麼啊？陳圓就是他們的女兒，我已經證實了。」

她詫異地問我道：「證實？你怎麼證實的？」

「還能怎麼證實？DNA檢測啊。她們兩個人確實是母女關係。」我回答說。

她這下真的詫異了，「真的？這太奇怪了，也太巧了吧？」

我說道：「什麼叫無巧不成書？這就是啊。我現在才相信，這上天啊，冥冥之中真的有天意呢。」

她即刻將她的手從我的胳膊裏抽了出去，「我明白了，原來你是害怕你的老丈人啊。」

我很是不悅，「莊晴，你這樣說就不好了。雖然我並不會害怕誰，但是人家林老闆對你還是很不錯的。你到北京後，如果不是他暗中照顧你，你會上雜誌的封面嗎？人家可是花了錢的。而且，你這次拍電視，說到底還是他出的錢。我只不過是擔了個名罷了。莊晴，你可以不感謝他，但是，也不應該這麼討厭他吧？莊晴，難道他也調戲過你不成？或者，他對你有過非分之想？」

「那倒沒有。」

她神情忽然變得鬱鬱起來，說道：「馮笑，我也不知道是怎麼的，總是覺得這個人很奇怪。我覺得，不能簡單地認為，他是因為你才幫我的。」

我覺得她的這個想法很可笑，「那你說，他是為什麼？難道是他的錢多了？還是太無聊了、沒事幹？莊晴，你不要這樣好不好？」

「可能是我錯了吧。」她幽幽地說。

「其實呢，我覺得你應該去給他拜個年才對。畢竟，他幫了你嘛。現在正好是春節，你應該去一趟，借此機會向他表示一下謝意。你說呢？」我隨即說道。

「人家是大老闆，啥都不缺，我去給他拜什麼年啊？」她悻悻地說道。

我搖頭道：「話不能這樣說。拜年只是表達一下你的感激之情，送什麼東西不重要，態度最重要，明白嗎？」

她沉吟了片刻後才說道：「也許，我確實應該這樣。」

我頓時高興了起來，說道：「這就對了嘛。你安排好時間，到時候我陪你去。」

把她的行李放到車上之後，我去開車，「莊晴，我們現在去吃飯。你告訴我，你最想吃什麼？」

「馮笑，我想去吃川菜。北京啥都好，就是菜的味道太難吃了。」

「對了，你不是在重慶拍戲嗎？什麼時候回北京的？你在重慶還沒有把川菜吃夠啊？」我問道。

「就在你離開後的第二天，我們就回北京了。你以為我們劇組天天上酒樓吃飯啊？我們大多數時間吃的都是盒飯。」她回答說。

我頓時笑了起來，說道：「好吧，那我們去吃川菜。老四川，怎麼樣？這可是川菜裏面的老品牌。據說老四川的牛肉做得最好，特別是牛尾湯，那更是一絕呢。」

「好吧。」她說，隨即問我道：「牛尾湯是什麼？」

「牛尾巴熬的湯啊。據說，老四川的牛尾湯至少要用微火熬上二十四小時。湯濃肉爛，而且極有營養呢。」我回答說。

她卻在笑，笑得很古怪。

我詫異地問：「你笑什麼？難道我說得不對？」

「呵呵！我忽然想岔了，我把牛尾湯想成是牛鞭湯了。我還在想呢，你請我去吃那玩意幹嗎？你自己才需要的嘛。」她頓時笑了起來。

我哭笑不得，但我的心思已經被她引到那上面去了，頓時感覺到一陣燥熱。

她可能發現了我的狀況，於是歪著頭來看我，「馮笑，怎麼啦？」

我心裏躁動得難受，「我們趕緊去吃飯吧，你看，馬上就十一點了，下午你還要回鄉下去。」

「你送我好不好？到我家去住一晚，明天回來。我家距離省城也就三個小時的路程，兩小時的高速公路，一小時的水泥路，很快的。」她對我說道。

我搖頭，「不行，下午我有事情。」

「你有什麼特別重要的事？打個電話推一下就是了。」她癟嘴說道。

「我導師去世了，下午火化。我還要去給她找墓地呢。」我說。

「你導師？她怎麼死的？我記得，她好像是另外一家醫院的婦產科專家啊。」她問道。

「自殺。唉，一齣慘劇。」我歎息道。

「你導師沒兒女？她的先生呢？這件事情輪不到你去管啊？」她說道。

我頓時沉默，因為我實在不想再去回憶那件事情了，太悲慘了。

「問你呢，你怎麼不回答我？」她卻繼續在問我道。

於是，我只好簡單對她講述了事情的經過，最後說道：「導師的女兒雖然已經畢業上班了，但她啥也不懂，所以，這件事情只有我去辦了。」

「你導師的女兒是不是很漂亮？」她忽然地問道。

我愕然地問：「她漂亮不漂亮與這件事情有關係嗎？」

「馮笑，我發現你這個人蠻花的嘛，現在我不在江南了，你又多了幾個女人？」她問道，卻是帶著笑聲在問。

「莊晴，你別胡說。」我頓時不悅起來，「這樣的事情開不得玩笑。」

「她都這麼大了，這些事情應該可以去處理了。你以前怎麼對我講的？說我隨時可以回來，啥事情都有你。結果，你想讓我獨自一個人坐大巴回家啊？」她非常不滿地道。

她這樣一說，我倒是覺得自己做得確實不大好了，頓時歉意地道：

「對不起，莊晴，是我沒有考慮好。這樣吧，我馬上調一輛車過來，專門安排一位駕駛員送你回去，好不好？我下午確實有事情，而且，我父母也在家裏，孩子和陳圓也都在家。現在我這種狀況實在無法親自送你回家。你看，我這樣安排可以嗎？」

「算啦！我自己坐大巴回去吧。你是大忙人，我哪裏敢勞你的大駕，派什麼駕駛員啊？我就是一個農村出來的丫頭。不就拍了部破電視劇嗎？得意什麼啊？真是可笑！」她卻即刻冷冷地道。

我頓時無語，內心極其為難起來。

「馮笑，送我去長途車站吧。直接去那裏。既然你很忙，我也就不再耽誤你的時間了。」她隨即又冷冷地對我說道。

我心裏忽然難受起來。因為我想起她這次是孤零零地一個人回來，如果我這時候真把她直接送到長途車站的話，她心裏肯定會很傷痛的。

但是，下午的事情怎麼辦呢？

莊晴不再說話。我默默地開車，但並沒有朝長途車站的方向而去。在距離我們醫院不遠處停下，這裏是「老四川」酒樓。

「莊晴，我們先去吃飯，一邊吃飯，我一邊安排好下午的事情，好嗎？」我柔聲地對她說道。

「你是不是覺得我很煩人？是不是覺得我很過分？」她沒有來看我，坐在副駕駛的位置上沒有動彈。

「我覺得你說得很對，讓你坐大巴回家確實不大合適。但是，我確實有事情，如果我實在安排不過來的話，你把這車開回去吧，這樣可以嗎？」我說道。

「馮笑，你以為我是不願意去坐大巴啊？其實坐大巴很舒服的。我是不想獨自一個人回家去啊，你怎麼就不明白呢？」她說。

我更加覺得為難了，「即使我送你的話，也不可能陪你在家裏過春節啊？我父母在我家裏呢，這怎麼行？」

「我家裏到現在都不知道我去北京的事，他們以為我仍然在醫院上班呢。還有，宋梅死的事，他們也不知道。我估計這次回家，他們一定會在我面前嘮叨。馮笑，我希望你冒充一下，當我的男朋友，同時把有些事情對我父母解釋一下。明天我就和你一起回來。他們是我的父母，我這個當女兒的，在春節期間應該去看望一下他們。當然，我心裏也想他們的。可是，我不想聽他們嘮叨。我的意思，你明白了吧？」她輕聲地說。

「其實，父母嘮叨是因為他們愛你，擔心你。我覺得你還是應該在家裏過完年再離開的好。你覺得呢？」我說。

「你沒去過我家裏，不知道我家裏的情況。」她說。

「莊晴，我一直很奇怪，以前你和宋梅結婚，宋梅的錢雖然不算很多，但幾百萬是拿得出來的吧？他怎麼不考慮給你家裏改善一下條件？我聽你說，你家裏洗澡都困難，這也太不應該了吧？」我問道。

「我還是他老婆呢，到頭來就要到了一套房子。你不知道宋梅這個人，他的心太大了。他說要把他手上的所有資金都用於發展，讓他拿出錢來？門都沒有！」她苦笑著說。

我不禁感歎，「難得你對他的感情還那麼深。這個宋梅，何苦呢？」

「其實，他後來的表現讓我很恨他，不過，我確實也需要錢，所以我就答應幫他了。」她說，說得有些亂。

於是，我問道：「你需要錢的原因，也是因為你父母？」

她點頭，「是。所以，我希望你能夠和我一起去我家裏看看。我沒有其他什麼意思，只是想讓你理解，我以前為什麼要那樣做。馮笑，我心裏知道，在你內心深處，一直對我過去對你的欺騙耿耿於懷。雖然你覺得你已經忘記了，或者是原諒了我，但是我知道，在你內心深處，對我的責怪依然存在。我早就看出來了，好幾次你在面臨選擇的時候，根本就沒有考慮過要選擇我。」

「莊晴，沒有那回事。」我搖頭說，心裏卻在想道：是那樣嗎？我心裏有那樣的想法嗎？

她繼續在說道：「雖然今後你再也沒有選擇我的可能了，但是，我希望我們是朋友，真正的、永遠的朋友，所以，我希望你能夠完全原諒我的過去。」

我默然。

現在，我心裏明白了，她說了這麼多，其實最根本就只有一點，那就是希望我能陪她回家去。

「走吧，我們去吃飯。我們一邊吃飯一邊說這件事情吧。你看，馬上就一二點了。」我說，忽然覺得時間過得好快。

「走吧，我真餓了。」她說，打開車門跳下了車。

在「老四川」酒樓裏坐下，我點了幾樣特色菜後，便開始打電話。其實，剛才我一直都在想，該如何處理這件事。

我首先給童瑤打了個電話，其實這完全是出於無奈。

「童瑤，不好意思，下午我有點其他事情要耽擱一下，可能要明天才回來。我導師火化的事情，就只有麻煩你全權處理了。這樣，我讓阿珠來一趟，火化後，先把骨灰存放在火葬場裏，等選好了墓地後，我再去取出來。」

「好吧，沒事。馮笑，你們醫院還不放假啊？怎麼這麼忙？」她笑著問我道。

「沒辦法。」我含糊其辭地說，「實在不好意思，麻煩你了。」

這時候，莊晴忽然說道：「馮笑，既然你真的這樣忙，那麼，我們可以先去辦完你導師的事情，然後再去我家，這樣豈不就兩不耽誤了？」

我頓時想道：對啊，我怎麼沒想到？看來，我的思維真的短路了。

於是，我急忙對童瑤道：「這樣吧，我現在正在吃飯，等我吃完了飯，馬上給你打電話，把導師的事情辦完後，我再去做後面的事情。」

童瑤在電話裏笑，「馮笑，我都聽見了。現在又是哪位美女和你在一起啊？」

「你認識的，是莊晴，她今天剛從北京回來。」我說。

「那算了，你好好陪陪人家吧，我去幫你把事情辦好就是。」她說。

「這……」這下，我不知道該怎麼說了。

「我辦事，你放心好了。你給阿珠講一下，問問她，我什麼時候去接她。我現在還有點事情，你問了後，馬上給我打電話。」她說，即刻把電話給壓斷了。

忽然發現莊晴在看著我笑，她說道：「童警官很漂亮。」

我即刻嚴肅地道：「莊晴，有些玩笑可以開，有些不可以。希望你明白我這句話的意思。」

「好，我錯了還不行嗎？」她說，臉上紅了一下。

我搖頭苦笑，隨即撥打家裏的電話。

電話是父親接的。

我說：「爸，我今天有點事要出去一趟，可能明天才能回來。家裏的事情只有辛苦您和媽媽了。」

「你不是說去接人嗎？怎麼？出什麼事情了？」父親的話裏帶著明顯的擔憂。

「人已經接到了，是另外的事情。」我說，隨即又道：「是醫院裏的事情。我要出診一次。」

不是我有意要撒謊，而是我不能暴露自己和莊晴的事情。

「這樣啊，那好吧，你要注意安全啊。」父親說，語氣明顯地溫和了許多。

「爸，您讓阿珠來接個電話。下午，她父母火化的事情我已經安排好了，她自己去才好。」我隨即又說道。

「我和她一起去吧。阿珠這孩子看上去不小了，但性格還像小孩子一樣。」父親說。

我覺得，讓父親去做這樣的事情不大好，那地方畢竟是火葬場，「爸，您別管了。這邊有員警在幫忙聯繫。那位員警是我朋友，我都安排好了。」

「也好，你媽媽一個人在家裏，我也不放心呢。」父親說道。

「沒事，明天我學姐就來了，她以前也是我們醫院的醫生，今後由她來照顧陳圓。」我說，「爸，麻煩您叫阿珠來接電話。」

不一會兒，阿珠來了，我把下午的安排告訴了她。

她問我道：「你呢？你怎麼不陪我去？」

「童警官不是在嗎？我有其他的事情。你去給你父母道個別吧，我明天回來後，去安排墓地的事情。阿珠，你也不小了，這樣的事情完全可以自己處理的。童警官為人不錯，你聽她的就是了。」

她沒有說話。

我有些著急，「阿珠，你聽到我說的沒有？」

可是，電話裏面卻即刻傳來了忙音。

我頓時怔住了，一會兒後才歎息，「唉！這丫頭。」

「馮笑，我們快吃飯吧，然後，我去逛街，你去辦事情。事情辦完後，你給我打電話吧。」莊晴看著我說。

「老四川」的菜做得不錯，特別是牛尾湯的味道好極了。不過，我沒有心思慢慢享受美味，很快就吃完了飯，然後對莊晴道：「你慢慢吃，我結賬後先走，這樣節約時間。」

「我自己結賬就是。」她說，然後朝我揮手，「馮笑，你不要老是把我當成窮光蛋。」

「不是那樣的。你現在是客呢，哪有你結賬的道理？」我笑著說，隨即去招呼服務員。

但是，她卻把我制止了，「馮笑，我們是朋友吧？既然是朋友，就不要在乎這些禮節性的東西了。你趕快走吧，這裏要不了多少錢的。」

我不好再堅持，急忙離開。

到我家樓下後，我即刻給阿珠打電話，「下來吧，我陪你去。」

「馮笑，謝謝你，謝謝！」她的聲音頓時激動起來，而且還帶有哽咽。

我不住歎息：阿珠啊，你什麼時候才能夠真正長大啊？

我隨即給童瑤打了電話，「我和阿珠馬上去火葬場。」

「馮笑，怎麼了？你對我不放心？」她問道，卻是在笑。

「哪裏啊？是阿珠……算了，你知道的，她長不大。」我說。

「哈哈！好，我出發了，我們在火葬場見面吧。」她說。

我一怔，隨即苦笑，「童瑤，你這話，我聽著怎麼這麼奇怪啊？」

她大笑著壓斷了電話，電話裏她的笑聲戛然而止。

我看見阿珠出來了，急忙摁了一下喇叭。

她即刻飛一般地朝我跑了過來，打開車門，上來就將我抱住，狠狠地在我臉上親吻了一下，「馮笑，你太好了！」

我一時間沒有反應過來，一會兒後，才感覺自己的臉上殘留著她嘴唇的溫暖。

我聽到自己喃喃地在對她說：「阿珠，別這樣。」

她的臉上紅紅的，低聲說：「有什麼嘛，你是我哥，我親你一下不可以啊？」

「這是中國，而且，你又不是小孩子了。」我說，隨即將車開動。

「你終於承認我不是小孩子了。」

她低聲地笑，隨即又道：「馮笑，你知道嗎？我本來不想去那地方的，我害怕自己控制不住。最近幾天來，每天晚上我都在做噩夢，總夢見爸爸媽媽，夢見他們拿著刀朝對方身上砍。馮笑，我好害怕。」

我心裏頓時柔軟下來，同時，也有了一種傷痛的感覺，「阿珠，事情都過去了。我知道你的感受，不過，我還是希望你能夠慢慢忘記那些事情。」

「可是，我忘得了嗎？他們是我的父母啊。以前我從來沒有現在這樣的感受，以前我什麼都不在乎，甚至經常和他們吵架，總覺得他們嘮叨，把我管得太嚴了，可是，現在我才明白，沒有了他們，是多麼難受的一件事情。媽媽……嗚嗚！我以前怎麼就那麼不聽話呢？嗚嗚！」她說著說著，就開始哭了起來，然後，變成了號啕大哭。

我頓時明白了：其實她的內心一直是悲傷的，只不過被她壓抑住了。現在，她內心所有的悲傷情緒被我撩撥了出來，所以才會這樣猛然地爆發。

我沒有去勸慰她，我想：也許她這樣把悲痛發洩出來更好些。

不過，她的哭聲讓我感到心酸，因為她的哭聲很悲切，還夾雜著呼喊，「媽媽……媽媽……嗚嗚……媽媽……」

我有些受不了了，將車停靠在馬路邊上，止不住的淚水也開始往下流。

我發現自己真經受不住一個女人的哭泣。

終於，她的哭聲也在慢慢變小，我也可以忍受住自己的淚水了。

還有，童瑤打來了電話，「我已經到了，你們呢？」

我這才緩緩將車繼續朝前面開去，「馬上就到。堵車。」

「別騙我了，這時候堵什麼車啊？肯定是阿珠剛才哭了，我都聽見了，你的聲音還在哽咽呢。沒事，我等你。」她歎息著說。

第八章

人生如浮雲

看著冰涼的屍體，冰冷的棺材，我不禁感慨萬千。
現在想想，人生大都不及百年，你爭我奪，有何意義？
到頭來，只一個盒子把自己裝下而已。
所以，只要能生如夏花，死若秋葉，
一切權欲、物欲、色欲、情欲，什麼都是浮雲……

我是醫生，但當我把車開進火葬場的時候，還是被這裏陰森的氣息籠罩了。火葬場道路兩旁都是商鋪，商鋪裏面是花花綠綠的花圈，還有其他一些用於喪葬的物品。不過，這地方的商鋪和其他地方的不一樣，商鋪通常都是熱鬧的，嘈雜的，但這地方卻冷冷清清、一片蕭瑟。

看著這一切，我不禁在心裏歎息：命運無常，人生苦短，生命就猶如凋零的秋葉般短暫，誰都不知道死亡是在這一站，還是下一站。死亡無關出生、無關財富、無關地位。任何人都會在無法預知的時間與死亡正面相撞。因此，我覺得，像現在這樣偶爾思索一下死亡也是很有必要的。

對死亡的思考，會讓那些無法逾越的苦痛變得渺小。因為，知道有死亡在等待著自己，人才會對生命、親情、愛情等等變得堅定，才會更珍惜身邊的美好……

在停車場將車停下，我隨即給童瑤打電話。她告訴了我地方，於是，我招呼阿珠下車。

阿珠坐在那裏，滿眼的恐懼，「馮笑，我害怕。」

我笑道：「你還是學醫的呢，害怕什麼啊？」

「這地方不一樣。」她說。

「沒事，大白天的，這裏面的人很多的。你看，這麼多人在進出，只不過大家不大說話罷了。」我說，隨即下車。

她也下來了，關上車門後，即刻跑到我身旁來，將我的胳膊挽住，「馮笑，這樣我就不怕了。」

我笑了笑，「也罷，只要你不害怕就行。阿珠，其實我倒是覺得，這地方很值得我們來看看。我們的一切苦難和煩惱，歸根到底，都是肉身帶來的。這地方其實是我們每一個人都要來的終結之地，沒有什麼害怕的。

「有時候我就想：人這一生，只要臨死前有愛你的和你愛的人在旁邊陪著你，這一生就算完美了。所以，阿珠，今天你應該來看看你父母最後一眼，同時，把他們曾經對你的那些愛，深深留存在自己的心裏。你說，是這樣嗎？」

「馮笑，你說得真好。」她低聲地說。

忽然聽到童瑤在叫我，我朝她的聲音看去，只見她在房門口處正朝我們招手。

阿珠的手即刻從我的臂彎裏面抽了出去。

我心裏大慰：這丫頭好像忽然懂事了。

童瑤帶著我們進入到房間裏面。

我看見了兩副冰冷的棺材，分別裝著阿珠父母的屍體。很明顯，他們的遺體被人化過了妝，所以才顯得如同他們生前的樣子，就好像分床睡著的兩個人。

看著冰涼的屍體，冰冷的棺材，我不禁感慨萬千。

現在想想，人生大都不及百年，你爭我奪，有何意義？到頭來，只一個盒子把自己裝下而已。所以，只要能生如夏花，死若秋葉，一切權欲、物欲、色欲、情欲，什麼都是浮雲……

阿珠開始只是怔怔地看著他們，隨後就猛然爆發出聲嘶力竭的哭聲。忽然，她朝兩具屍體撲了過去。

童瑤即刻抱住了她。

阿珠在童瑤的懷裏掙扎。

童瑤大聲對我說道：「馮笑，我抱不住她了，你快來……」

本來我也沉浸在悲痛之中，此刻頓時清醒過來，急忙將阿珠死死地抱住，嘴唇在她耳邊說道：「阿珠，別這樣，別這樣啊……」

我覺得好累。

當處理完火葬場的一切事情後，我身心俱疲，阿珠早已經癱軟，我和童瑤把她抬到了車上。

導師和唐老師的骨灰盒存放在了火葬場裏面。

童瑤告訴我說，公墓那邊已經聯繫好了，讓我們抽時間去看了具體位置再說。

離開的時候，我給了她兩張購物卡，她堅決不要。

我說：「你拿著吧，拿去給你父母也行啊！」

她看著我半晌，忽然對我說道：「馮笑，我想請你幫個忙，可以嗎？」

「當然可以，你說吧。」我毫不猶豫地道。

她說：「是這樣，我媽媽最近給我提了一個要求，她要求我必須在春節前帶男朋友回家。馮笑，我還沒有男朋友呢，我從什麼地方帶回去給她看啊？所以，我想請你幫幫忙，冒充一下我的男朋友怎麼樣？這卡嘛，就請你到時候親自交給我媽媽好了。」

我頓時瞠目結舌、目瞪口呆起來，「這……」

「馮笑，你可是答應了我的啊。你是男人，可不許反悔。」她瞪著我說道。

我不禁苦笑，嘀咕了一句：「這是怎麼啦？怎麼都讓我去冒充男朋友啊？」

「你說什麼？」她問道。

我頓時一驚，心裏暗暗慶幸她沒有聽清楚我剛才的話，「沒什麼，這樣不好吧？我可是已婚男人，到時候傳出去，對你影響不好的。」

「我不管了，你就幫我抵擋一下，春節後，我告訴媽媽說我們吹了就是。到時候我就說你太花心了，所以，我把你給蹬了。怎麼樣？這個理由不錯吧？」她笑著問我道。

我哭笑不得，「我好不容易有點好名聲，都要被你敗壞完了。」

「那麼，你是答應了？」她問道。

「你父親呢？騙老太太可能容易一點，騙你父親可能沒那麼容易吧？」我問道。

她神情頓時黯然，「我父親去世很多年了。」

我急忙地道：「對不起。不過，我確實不大方便，因為我的父母在我家裏。春節期間，我不可能陪你去你家啊？」

其實，我還是想拒絕，因為我覺得這件事情有些匪夷所思，而且，也覺得自己不大合適。

「那就明天吧，明天晚上。」她說，隨即又瞪了我一眼，「馮笑，我們可是朋友，是哥兒們，你可不能出爾反爾啊。」

「好吧，我不勝榮幸。」我苦笑著說。

「太好了，我下午下班之前給你打電話。對了，到時候我們要統一口徑，你就說自己在某家市級醫院工作，家在外地，春節期間要回家。這樣的話，後面的事情就好說了。」她隨即說道。

我笑道：「這主意不錯，免得老太太非得讓我春節期間在你家裏過年，那可就麻煩了。」

她大笑。

我隨即開車回家，叫醒了阿珠後，扶她上樓。

「你不是說要出去嗎？」父親詫異地問我道。

我苦笑，「剛剛才辦完火化的事情。您看，阿珠哭成這樣了。爸，我馬上得出發才行，不然就晚了。家裏的事情……」

「沒事，你趕快走吧。」母親過來從我手上接過阿珠，扶著她去了她的房間。

我全身酸軟，隨即進了臥室。

看著依然昏迷的陳圓，我在心裏向她道歉說：圓圓，對不起，莊晴回來了，我要送她回家。我知道你可能要生氣，但她是我們曾經的好朋友啊。

自己也覺得這個理由很荒唐，隨即轉身出門，因為我的內心全是愧疚。

走了幾步後，我忽然想起，還沒看孩子，急忙轉身回來。

孩子好像醒了，他的小手在動，嘴巴也一張一合的，可以看見他那可愛的小舌頭。

我心裏頓時溫暖起來：小傢伙，你可要乖乖的啊，爸爸明天回來……

沒人知道我現在這種複雜的心情。我離開家的時候，差點狠狠摑了自己一耳光。本以為自己完全墮落了，不會再內疚了，但是現在才發現，自己依然在矛盾與痛苦中掙扎。

我發現，一個人真正要墮落，也不是那麼的容易。

我讓莊晴開車，因為我實在太疲倦了。

前幾天的那場雪早已經過去了，地上完全沒有了雪的痕跡。那場雪來得太忽然，去得也很快，白天如北國的世界，一夜之後，它們卻不在了。

莊晴開車的技術不錯，很平穩，速度也掌控得很好。

我開始還和她說了會兒話，但隨即就被高速公路兩側的風景吸引住了。

我發現，車窗外的冬天曠野竟是清新如春的。

極目的山野、山巒上只有極少的樹木枯黃，一場大雪後，並沒有改變那一叢叢青蔥的亮綠色。頓時，我覺得江南的冬天有點可愛，它如同一隻輕柔、華麗的華爾滋舞曲，輕輕旋轉、不經意間就到了柳枝發芽、春草冒尖、春花吐蕊的時節。

這樣想著，我竟然不知不覺睡著了。我睡得很安詳，自己感覺汽車的轟鳴聲在慢慢地遠去，一片寧靜正在朝我包裹過來。

不知過了多久，我聽到莊晴的聲音，「醒醒啊，你來開一會兒吧，我累了。」

睜開眼睛後，發現車子早已經不在高速公路上面了，眼前是一條窄窄的水泥路，不過，路面不大好，坑坑窪窪的，像月球的表面。

「睡得真舒服啊。」我伸了個懶腰。

「究竟誰是駕駛員啊？」她瞪了我一眼，隨即笑了起來。

我笑了笑，和她換了位置。

還好，越野車不受這種路面的影響，不過車速不可能很快，不然就顛簸得厲害。

冬天的白天有些短，這時候，天上已經變得暗淡下來了，可現在還不到六點鐘。

半小時後，莊晴讓我開上了一條小道，路面更加糟糕。

我問道：「還有多遠啊？」

「快到了。」她回答說。

我的精神頓時來了，腳下加大了油門。

十分鐘後，她指著前方不遠處一處亮光說道：「就是那裏。」

我看見，在朦朧的夜色中，一片黑壓壓的樹木邊上，有一處低矮的房子，有些像油畫裏面那種寫意的風景。

莊晴的家就在公路邊上，不過，這條公路也太差了，坑窪不平不說，而且狹窄得剛剛可以讓我的車通過。

屋前有一個小壩子，我剛剛停下車，就看到有人出來了。那是一個老人，穿得有些破爛，頭上戴著一頂難看的棉帽。

莊晴朝他叫了一聲：「爸！」

「你回來了啊？」老人的聲音透出一種激動。

「馮笑，快拿東西。」莊晴隨即對我大叫了一聲，完全是命令的語氣。

我當然不會生氣，因為我今天扮演的就是她男朋友的角色。

在我們江南，男人怕老婆是一種正常，何況這裏是莊晴的娘家。

今天，我離開家後剛剛準備上電梯，忽然想起一件事情來，隨即又回去拿了一瓶茅台和一瓶五糧液。下樓後去到銀行取了些錢。

接到莊晴的時候，我發現她買了不少東西，大多是衣服之類的。

她將東西放到後車廂的時候說：「這麼好的酒啊？沒必要，農村人不知道它們有多貴。」

我當時笑著說：「去見老丈人，當然得帶點好東西了。」

莊晴的臉頓時紅了。

我急忙地道：「開玩笑的，你別生氣啊。」

莊晴說：「你有這個心就行。」

現在，我一股腦地將車上的東西都拿了下來。

莊晴的父親問道：「晴丫頭，這是誰啊？」

「他叫馮笑，是我以前的同事，也是我男朋友。」莊晴回答說。

雖然我早有準備，但仍禁不住在心裏一顫。

她父親頓時怔在了那裏，「宋梅呢？」

「爸，您先別問，一會兒我再給你講。我媽呢？」莊晴說道。

「你媽去菜地摘菜去了。你們還沒吃飯吧？」她父親狐疑地看了我們一眼，隨即回答道。

莊晴從我手上接過了幾樣東西，然後帶著我進屋。

進去後，我不禁駭然，因為我發現，她的家太破爛了。地上坑窪不平得像我們來時的公路一樣。牆壁也很破舊，裂縫大得有些嚇人。

屋子裏面有些暗，一隻電燈在屋子中央，昏暗得只能看見人的臉。剛才在外面的時候，我看不清莊晴父親的模樣，現在基本上看清楚了。

他看上去七十來歲的樣子，滿臉皺紋，黑黑的臉依稀有些莊晴的模樣，不過，他的牙齒沒幾顆了，看著我笑的時候，顯得有些恐怖。

莊晴的父親招呼我坐下烤火後，隨即出去了，一會兒就聽見他在外面大聲地叫喊：「芬啊，快回來，晴丫頭回來了！」

「馮笑，你和我一起去拿菜。」莊晴叫了我一聲。

跟著她去到正屋，我才發現她真的買了不少菜，都是鹵菜。豬耳朵、豬肚子、鹵牛肉什麼的，還有豆腐乾。

「晴丫頭，這得花多少錢啊？」她父親說道。

「爸，馮笑還給您拿了兩瓶好酒呢。差不多一千塊錢一瓶呢。」莊晴說，隨即對我道：「馮笑，去，把那瓶茅台拿來開了。」

「那麼貴的酒？別喝了，拿去賣，可以買好多包穀酒啊。」她父親急忙阻止。

「爸，您也真是的，您一輩子沒喝過好酒，今天一定要嘗嘗。您就這樣想吧，就當這酒馮笑沒有拿來。」莊晴笑道。

這時候，我忽然聽到身後傳來了一個聲音，「晴丫頭，你回來了？」是一個女人的聲音，聲音顯得有些蒼老，而且帶著激動的哽咽。

我急忙轉身，發現莊晴已經跑過去抱住了她。

「媽！我回來了！」莊晴在說。

「晴丫頭，你可好久都沒有回家了。真是的，我還以為你不要我們了呢。」莊晴的母親在說，帶有哭音。

「芬，有客人呢。」莊晴的父親咳嗽了兩下，說道。

莊晴和她母親這才分開了，我也即刻看到了她的臉。

我詫異地發現，她竟然顯得有些年輕，看上去也就五十來歲的樣子，臉上的皺紋也不多。

我急忙自我介紹，「我叫馮笑，和莊晴一個科室的，我是醫生。」

「晴丫頭的男朋友。」莊晴的父親忽然冒了一句出來。

莊晴的母親頓時怔住了，隨即去看莊晴，「那個人呢？」

「他死了。」莊晴低聲地說了一句。

「啊？」莊晴的父親驚訝地叫了一聲。

「啊！」莊晴的母親卻滿臉的駭異，驚叫聲尖利得可以穿透夜空。

莊晴的神情黯然，隨後說了一句：「還不是為了錢？結果，被人殺了。」

「怎麼會這樣？多好的一個年輕人。」莊晴的父親一副震驚的模樣，嘴裏喃喃地在說道。

我頓時尷尬起來，站在這裏有些不知所措。

「爸，媽，馮笑是我現在的男朋友。你們別這樣。這人啊，都是命，宋梅那麼喜歡錢，結果卻死在錢上面，這就是命。」莊晴說。

我覺得自己應該說話了，「我以前和宋梅也是好朋友。」

「晴丫頭說得對。芬，別說了，客人在呢。鍋裏的豬食煮好了，我去餵豬，你看看鼎罐裏面的飯好了沒有？好了的話，你舀出來再煮點。他們肯定餓了。」莊晴的父親說。

「爸，我和馮笑去餵豬吧。」莊晴說。

「也行，我去把你哥叫過來。」她父親說道。

「好吧，我也有很久沒見過我哥了。」莊晴說道，隨即來看我，「你沒有餵過豬吧？我們去餵，很好玩的。」

揭開灶上的鍋蓋，我看見裏面黑糊糊的一大鍋，大多數是切碎了的菜葉，因為鍋蓋蓋住後，才變成了這樣的顏色。

莊晴拿來了一隻大木桶，她用一隻大木瓢將鍋裏面的豬食舀到了木桶裏面，隨即去到水缸處舀出幾瓢水來，倒進了鍋裏，將鍋洗得乾乾淨淨。她的動作很熟練，我可以想像她以前肯定經常幹這樣的活。

「你來提，太重了。」莊晴吩咐我道。

我彎腰提著那只木桶，跟著她朝外面走去。

我這才知道，這間屋子的旁邊還有一個門。

出去後，我聽見莊晴母親在說：「晴丫頭的這個男人好像比宋梅踏實一些。」隨即又聽見莊晴父親在說道：「就是太漂亮了些，不知晴丫頭管不管得住。」

莊晴輕笑了一聲，即刻朝前面跑去。

我急忙跟上，苦笑著問她道：「你爸爸怎麼用『漂亮』這個詞來形容我？」

她笑道：「他們喜歡這樣形容人。」

「那他們形容女人的漂亮怎麼說呢？」我詫異地問。

「就說『長得乖』。」她回答，隨即大笑。

回到灶屋的時候，莊晴的父親還沒有回來。我駭然看見莊晴的母親正在用剛才煮豬食的那個大鐵鍋炒菜！

於是，我悄悄地問莊晴：「這樣衛生嗎？」

「農村都這樣。剛才我不是已經把鍋洗乾淨了嗎？豬食有什麼啊？乾淨的。」

她低聲地回答說。

「晴丫頭，你招呼馮醫生烤火吧，你爸爸和你哥哥馬上就來了，來了我們就吃飯。」莊晴的母親說道。

「媽，您別弄菜了，我買了的。咦？桌上的菜呢？」莊晴忽然詫異地問道。

「那些菜都是冷的，我炒一下。」她母親回答說。

「媽，是鹵菜呢，炒了味道就變了。」莊晴說，責怪的語氣。

「炒了好些，外面的東西，吃了容易拉肚子。」我急忙地道，悄悄拉了她的手一下。她頓時不再說話了。

「就是，你這豬耳朵，我加點蒜苗炒一下，很香的。」莊晴的母親說。

不多久，莊晴的父親回來了，他身後是莊晴的哥哥。我發現莊晴的哥哥長得很魁梧，濃眉大眼的，和莊晴一點都不相像，倒是有幾分莊晴母親的模樣。

他在朝我憨笑。

我也朝他笑了笑，「你是莊晴的哥哥吧？」

「是，我叫莊雨。生我的時候下雨，生莊晴的時候天晴。呵呵！」他笑著說。

大家即刻坐下來喝酒。

莊晴打開了那瓶茅台，然後給每個人倒上。一瓶酒倒下來，每碗裏面沒多少。

「喝酒、吃菜。」莊晴的父親說話了，就這四個字。

於是，大家端起碗喝酒。

「這麼貴的酒，怎麼沒有包穀酒好喝呢？」莊晴的父親忽然說了一句。

我頓時怔住了，隨即說道：「這種酒就是這個味道。不過，它有個好處，就是喝醉了頭不會疼。」

「這麼貴的酒，要喝醉了，不要好幾千塊錢啊？」莊晴的父親說。

我頓時尷尬起來，心想：怎麼不多帶幾瓶來呢？

「爸，這酒就是嘗個味道。我們村很多人一輩子沒喝過這種酒呢。」莊雨說。

「就是，哥哥說得對。」莊晴隨即說道。

「你們城裏的人真是太那個了，這瓶酒可以值一條大肥豬了，不划算。」莊晴的父親搖頭道。

所有的人都笑。

茅台很快就喝完了。

莊晴說：「我去拿那一瓶來。」

她父親急忙地道：「別，就喝包穀酒，這酒喝得我心疼。」

我急忙地道：「就喝包穀酒吧，下次我多帶幾瓶好酒來。」

包穀酒喝起來的感覺完全不一樣了，勁道十足，喉嚨裏火辣辣的，感覺嘴裏全是酒精的味道。

不過，幾口下去後，頓時感覺到全身熱烘烘的，很舒服，而且，很快就讓人興奮了起來。莊晴的父親和莊雨一改剛才的寡言，頓時話多了起來，聲音也變得很大。

我也有些興奮了，隨即跑出去，把車上的包拿下來，「莊叔叔，我這次來，沒帶什麼禮物，這點錢您拿去自己買您喜歡的東西吧。」我說著，從包裹拿出兩萬塊錢來，朝莊晴的父親遞了過去。

「這……」莊晴的父親頓時不知所措起來。

「拿著吧，他反正很有錢。」莊晴笑著說。

「晴丫頭，這是聘禮是不是？」莊晴的母親問道。

「哎呀！他給你們的，你們要了就是。城裏不興這個。」莊晴說，臉頓時紅了，隨即又道：「如果他真的要娶我的話，這點錢哪裏夠？」

我也笑著說道：「是啊，這點錢怎麼夠呢？要娶她的話，起碼得多十倍。」

「你們城裏人真有錢。」莊雨說，眼睛都直了。

我這才想到，自己還沒有給他表示，幸好包裏還有一萬塊錢，這是我準備做不時之需的，於是，從包裏拿出剩下的那一萬塊錢來，朝莊雨遞了過去，「不好意思，我來的時候沒什麼準備，這點錢你拿去買點煙抽吧。對不起，我不抽煙，所以，不能給你上煙了。」

我不知該怎麼說話，心裏也覺得這樣給錢很庸俗，但是，現在我只能這樣了。

莊雨去看莊晴，莊晴說：「哥，拿著吧。」

讓我想不到的是，這樣一來，桌上的氣氛頓時就沒有了，因為大家都開始尷尬沉悶起來。

我也覺得很尷尬，心裏後悔，不該在這時候做這樣的事情。

馮笑，你幹嗎啊？明天離開的時候給不好嗎？我在心裏批評自己道。

還是莊晴的一句話解了圍，「吃飯吧，吃完飯早點睡覺。我好累，明天馮笑還要回去呢。」

「我要上班。」我急忙地道，心裏在想：怎麼？她明天不準備去省城了？

「多玩幾天啊。」莊晴的父親這才說道。

「是啊，多玩幾天，明天去我家裏吃頓飯吧。」莊雨說。

我搖頭，「沒辦法，上班呢。」其實我很想現在就離開，因為我覺得，自己現在要多彆扭就有多彆扭。

於是，大家又不說話了。

不過，我覺得莊晴媽媽煮的這種米飯好香。

吃完了飯，莊晴被她母親叫了出去，一會兒回來後，莊晴叫了我一聲，「馮笑，我帶你去睡覺。」

我一怔：我還沒洗漱呢。隨即在心裏苦笑：這是農村啊，就別講究那麼多了。於是我站了起來，朝莊晴的父親和莊雨笑了笑，「我今天太累了，先去睡了啊。」

他們都在朝我笑，笑得很可愛的樣子。

跟著莊晴上了樓，進入到樓上另一邊的那個屋子裏，莊晴轉身來將我抱住，「馮笑，今天你破財了。我還給你吧。」

我說：「還什麼啊？不用。」

她的唇在我耳邊低聲地道：「我就要還……」

我大吃一驚，「莊晴，這可是你家。你不是說，我們還是在戀愛期間嗎？」

「剛才媽媽把我叫出去，就是問我今天晚上你睡什麼地方。我說了，我們早就睡在一起了。馮笑，我可沒撒謊。」她在我耳邊輕笑。

也許是喝了酒的緣故，我血液裏面的激情頓時被她點燃了。

「你別睡著了啊，我先下去和他們說說話，十分鐘就上來。」她說。

我急忙叫住她，「莊晴，別在你家裏這樣。」

「好吧，那我半夜悄悄到你床上來。」她說，然後快速地離開了。

第九章

真正孤獨的其實是自己

莊晴離開了，我從車窗的後視鏡裏面看著她離去的背影。
雪地裏，她歡快地跳躍著，從地上抓起一把雪來灑向天空。
她的身體被飄散下來的雪籠罩住了，慢慢地變成一個紅點。
我忽然有種想法：她似乎是快樂的，但又給人以孤獨的感覺。
我歎息了一聲，忽然發現，真正孤獨的其實是我自己。

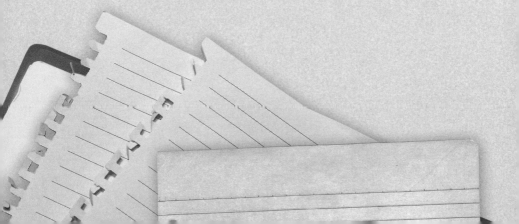

這是一張木床，床的四周有架子，架子上掛有蚊帳。這張床有些像電視裏面古代的人使用的那種，不過我眼前的蚊帳卻不像電視裏面的那麼漂亮。我可以肯定，這床蚊帳最開始的時候是純白色的，但是現在，它已經變成黑的了。

床上有一床厚厚的被子，折疊得整整齊齊地放在床的一頭。床單是藍布做成的，我伸手去到床單上摸了一下，頓時感覺到自己的手上觸及到一些小顆粒一樣的東西，湊近了看才發現，原來在床單上面竟然有不少細小碎石樣的東西。心裏頓時為難：這怎麼睡啊？

想了想，我把被子抱起來，放到床外邊的櫃子上面，然後揭起床單，在床外邊抖動了幾下，翻一面重新鋪到床上。被子也抖了幾遍，不過，被子發出的汗臭味頓時被我聞到了。

睡吧，人家睡了一輩子了呢，難道你一晚上都堅持不過去嗎？

我在心裏對自己說道，隨即脫去外衣和褲子，就躺倒在了床上。

被子發出的氣味非常濃烈，讓我實在難以忍受，我只好用手輕輕捂住口鼻，這下感覺好些了。但是，很快卻感覺身上奇癢難當，只好去身上瘙癢。然而，身體上的瘙癢卻猛然地遍佈開來，讓我感覺無數地方同時在發生瘙癢，而且，我還感覺到，有細小的東西在自己皮膚上爬行。

我心裏頓時駭然：難道有蝨子？

我急忙將上身的毛衣和內衣一股腦脫下來，拿起內衣到電燈下面仔細看。可不是嗎？真有蝨子！我看見，我內衣的一些縫隙處，真有不少灰白色的芝麻樣大小的蟲子，正在爬行著。

這是蝨子，我學《寄生蟲學》的時候，看到過它們的標本！所以，我知道，自己現在唯一的辦法就是：脫光了睡覺。因為蝨子喜歡附著在衣物的纖維或者人體的毛髮上產卵。

這下，我頓時覺得舒服多了，身上也不再像剛才那樣瘙癢了。

屋子裏萬籟俱寂，細聽之下，隱隱可以聽到樓下遠處傳來的說話聲，不過聲音太細小、太遙遠了，根本就聽不清楚。

忽然，聽到屋頂上傳來簌簌的聲響，難道下雪了？

我很佩服自己，竟然在這樣的環境下，不知不覺就睡著了。

半夜的時候，我忽然醒了過來，因為我感覺有一個溫暖的身體進到了我的被子裏。

她在我耳邊輕笑，「馮笑，你早就把衣服脫光了，在等我啊？」

迷糊中，我一時間沒有想起自己所在的位置，隨即伸手將莊晴攬入自己的懷裏，頓時清醒了，「莊晴，快把衣服脫掉，和我一樣。」

她在笑，「等不及啦？」

「有蝨子。真的，好多蝨子。」我說。

隨即便聽見她在說：「糟糕，怎麼讓你睡這裏呢？」

「這是誰的床？」我問道。

「肯定最近家裏來客人了。我媽媽還說，這床上的東西才換了沒多久呢，我還以為這張床最乾淨。」莊晴說，隨即從我臂彎裏坐了起來，「馮笑，你快起來，去我的床上睡。」

我急忙起床穿衣服，她卻說道：「別穿了，你衣服上已經有蝨子了。」

「是啊，我都看到了。怎麼辦？」我問道。

「你先去我的床上睡，我想辦法。」她說。

於是，我就全身光光地跟著她去到隔壁的那張床上。

那床上很溫暖，我知道，這是莊晴剛剛留下的體溫。

早上一睜眼，就看見窗外亮晃晃的，昨天夜裏真是下了好大一場雪。

沒有發現莊晴在身邊。床邊是我的內衣褲，還有毛衣。它們被整整齊齊地疊放著，我伸出手去拿過來看，頓時感覺到它們有著不一樣的質感。

肯定是昨天夜裏被清洗過了。我心裏想道。

急忙起床，樓下靜悄悄的，看來莊晴的父母都還在睡覺。去到屋外，眼裏白茫茫的一片。幾隻不怕冷的麻雀竟然也早早地起床了，在屋簷底下「嘰嘰喳喳」地吵鬧個不停。

「你怎麼這麼早就起來了？」忽然聽到了莊晴的聲音，抬頭去看，發現她在樓上的窗戶處。

「外邊好美。」我說。

「我馬上下來。」她的聲音頓時變得歡快起來。

不多一會兒，她來到了我身旁。

我和她都站立在雪地裏。她身穿著一件紅色的羽絨服，看上去很暖和的樣子。

「馮笑，城裏肯定沒下雪。」她說。

我點頭，「肯定，鄉下的氣溫要低很多。」

她說：「主要是這裏沒有污染。」

我說：「這地方雖然窮了些，但是沒有污染啊，所以上天總是公平的。」

她卻忽然低聲地道：「其實，我也曾經是一個沒受過污染的人，但是現在，卻變成了這樣。」

我頓時怔住了，「莊晴，別這樣說。現在我知道了，你也有你的無奈。趕快掙錢吧，我覺得，你的第一件事就是幫你父母改善一下生活條件。對了，昨天晚上你幫我把衣服洗過了吧？」

「是我媽媽洗的，爸爸在火邊給你烤乾了才睡的。」她說。

我頓時感動和惶恐起來，「這怎麼好意思呢？」

「總不能帶一身蝨子回去吧？況且，今天你要開車，身上瘙癢可是很容易出事的。」她說。

「道理是這樣，不過，讓你父母那樣做，讓我於心有愧。」我說。

「你送錢給他們，他們替你洗衣服也無所謂。」她笑道。

我即刻正色地道：「莊晴，你不要這麼說。他們是長輩，而且，你我之間雖然沒有名分，但其實已經有了夫妻之實。所以，你的父母就更是我的長輩，我給他們送點錢也是應該的。」

「馮笑，畢竟我們不是夫妻。」她卻歎息道，「不過，你說得很對。所以，我今天就不和你回去了，這次我帶了些錢回來，主要也想把家裏的房子重新蓋一下。

馮笑，如果你下次有機會再來的話，這裏的條件肯定不一樣了。」

「需要多少錢？你的錢夠嗎？」我問道。

「農村蓋房子不需要多少錢的，因為地是現成的。昨天晚上你給了爸爸兩萬，我再給幾萬塊錢就夠了。」她說。

我忽然想起一件事情來，「莊晴，你這次拍電視劇，他們給你多少報酬啊？」

「也就幾萬塊錢，畢竟我還是新人。」她說，「我把這次拍戲的收入全部拿回來了。」

「那你今後怎麼辦？要不，我先借你點錢怎麼樣？」我很是替她擔憂。

「不用了，我自己以前還有些積蓄。我想好了，春節後，我準備把我那套房子給賣了，反正我也不住那地方。」她說。

我急忙勸阻她道：「莊晴，現在最好不要賣，房價肯定還會漲的。」

「我知道啊。」她說，「北京的房價今後漲得會更厲害。所以，我想把這套房子賣了後，到北京買一套房子，也算是投資吧。你覺得怎麼樣？」

「你這想法倒是很不錯，北京畢竟是首都，政治文化的中心，未來的房價應該會很高。」我點頭說。

「我不想當寄生蟲，自己創造財富才是最愉快的事情。你說是嗎，馮笑？」她笑著問我道。

我歎息，「莊晴，想不到你還有這樣的志氣。」

「可惜的是，我現在還沒有基礎。但是，我相信自己，相信自己一定會成功的。」她說。

「我也相信。」我說。

其實，我的這句話完全是一種鼓勵。一個人未來成功與否，是需要許多因素共同起作用的。我們身邊的不少人，他們不是不努力，但最終不成功的卻占了絕大多數。這是現實。

但是，我始終相信，作為一個農村孩子，克服自卑，樹立自信心是最重要的。現在，莊晴正在建立自己的信心，我必須鼓勵她。

在外面站久了，我感覺到特別寒冷，忽然想起自己承諾今天去童瑤家的事情，於是對莊晴道：「我走了，我必須早點回去。」

「我去給你下一碗雞蛋麵吧，你吃了再走。」她說。

我搖頭道：「算了，你去煮麵條，肯定會把你父母吵醒的。他們昨天晚上睡得太晚了，讓他們多睡一會兒吧。從你們家到前面的那個小鎮，只需要半小時的時間。來的時候我計算清楚了。我去那地方吃早飯正好合適。莊晴，代我向你父母問好，同時，也幫我解釋一下。對了，你自己的事情最好還是給你父母講一下。我看他們都是老實人，也很淳樸，不會為難你的。」

她卻搖頭道：「他們確實是老實的莊家人，但是卻非常固執。如果聽說我辭職了的話，肯定會罵我呢。我想好了，今後等我錢多了再給他們解釋。」

我想了想，覺得她說的有道理，說道：「莊晴，我給你提一個建議。你最好趁這次整修房子的機會，給你父母安裝一個衛星接收裝置，再買上一台電視機，這花不了多少錢的。也許今後，你演的電視播出來的時候，他們可以看見呢。這樣一來，他們就不會計較你辭職的事情了。自己的女兒在電視裏，這是一件多麼值得自豪的事情啊。你說是不是？」

「嗯，你這主意不錯。對了馮笑，你身上還有錢嗎？我看你的口袋都空了，回去交過路費、加油什麼的，怎麼辦？」她問我道。

「我錢包裏面還有幾千塊啊，沒事。」我說。

於是，她看了看我的車，說道：「好吧，你走吧，我陪你一段。」

「不用，這麼大的雪，你回來不方便。莊晴，去給我找一把掃帚來，我掃掃車上的雪。」我說。

她卻朝我伸出手來，「給我，車鑰匙。」

我詫異地問她道：「你幹嗎？」但我還是把車鑰匙遞給了她。

她打開車門，坐上駕駛台，「馮笑，上車，快點！」

我狐疑地上車，看著她，問道：「莊晴，你這是幹嗎？」

「別說話，乖乖坐著。」她說，隨即朝我嫣然一笑。

她將車緩緩地開了出去，地上的雪發出「吱吱」的聲音。

她開車的速度很慢，因為地上還是比較滑。幾分鐘後，她將車停靠在一處山坳裏面，然後側身來看著我，臉上是怪怪的笑容。

我更加奇怪，「莊晴，你幹嗎呢？怎麼這樣看著我？」

「我想你很久了，昨天晚上不大方便，這地方不錯，早上沒人出來，而且，你的車被雪蓋住了，沒人會看見我們的。我們就在車上做吧。」她說。

我心裏頓時一蕩，不過依然猶豫，「莊晴，這裏，這裏不好吧？」

她不說話，隨即打開車門跳下了車，到後座上去，「馮笑，快來。」

我心裏頓時激動起來，也沒下車，直接就翻到了後座。

她的褲子已經脫下，雙腿張開著，眼前的那一抹黑色特別令人興奮。

於是，我急忙褪下衣服。

可是，我發現操作起來很困難，因為車裏的空間還是太小了。

「馮笑，你坐著，我上來。」她說。

我頓時被她完整地包裹了，一種令人心醉的美妙感受猛然傳遍了全身。現在，我發現，唯有她，莊晴，唯有她能夠給我這種感覺。她在我面前總是無拘無束，隨意而行，而且時時花樣百出，讓我每次都能體驗到不一樣的刺激感受。

後來，我們都慢慢適應了這狹窄的空間，甚至還可以變換出各種姿勢。她肆無忌憚地大叫著，這讓我感覺到更加刺激，於是，也放開了自己的喉嚨，讓內心深處的美妙感受盡情傾瀉……

我終於完成了，身體裏面的激情驟然消退。

我躺在後座上不住地喘息。

莊晴卻又朝我匍匐了過來……

莊晴離開了，我從車窗的後視鏡裏面看著她離去的背影。雪地裏面，她歡快地跳躍著，從地上抓起一把雪來灑向天空。很快，她的身體被飄散下來的雪籠罩住了。她距離我所在的地方越來越遠，慢慢地就變成了一個紅點。

我心裏忽然升起一種奇怪的想法：她似乎是快樂的，但又給人以孤獨的感覺。

我歎息了一聲，開著車朝前面慢慢駛去。現在，我忽然發現，真正孤獨的其實是我自己。

在小鎮吃了一碗麵條，然後繼續朝回省城的方向行駛。

我把車上的音樂開得很大聲，因為我不想將自己置身於孤寂之中。

一個半小時後，到達高速公路的入口處，因為今天的道路很滑。

剛才在路上的時候，我注意到，自己越往外面走，地上的雪就越少。現在，地上甚至看不到一絲下雪的痕跡了。

加滿油後，我將車駛向高速公路，音響裏面傳來了一首吉他曲。

我發現，自己從沒有聽過這首歌曲。我頓時明白了：這盤碟應該是莊晴買的，也許是她在開車的時候換上去的。

這首歌是一位女歌手唱的，聲音清純無比，但卻又如泣如訴。歌聲裏面那種意境，有思戀，有惆悵和孤寂，似乎還有一種無奈。

前方是無盡的沒有變化的路面，兩側的風景雖然不住在變換，但我卻不敢去欣賞它們。唯有音樂伴隨我一直前行。

我心裏在想：音樂竟然如此美妙，它似乎可以穿透一個人的靈魂，可以觸動一個人內心裏面最隱秘的情感。

對於我這樣一個對音樂知之甚少的人尚且如此，那麼，對於陳圓呢？她可是懂得音樂內涵的人啊。

我一直將車速控制在每小時一百二十公里左右。我聽說，這個速度在高速公路上行駛是最安全也是最節油的。

然而，前方的情況忽然不大對勁，前面的那輛車好像沒有動，還不止一輛車！我急忙將剎車踩下……

「前面出車禍了。」我聽到有人在嚷嚷。

我是醫生，出於職業的本能，我即刻下車，快速地朝前面跑去。

眼前是一片慘景——

前面不遠處，高速公路的邊上停靠著一輛大巴。一輛貨車側翻在超車道上面。不過，我詫異地發現，很多人正圍在另外一輛大貨車的前面。很明顯，這些人是從大巴車上面下來的。

我從人群中擠過去後看見，一輛轎車正在這輛大貨車車頭的下面，那轎車早已支離破碎，而且，車裏的幾個人似乎都已經死亡了。

我急忙跑過去，同時大聲叫道：「我是醫生。」

轎車裏面有五個人，駕駛員的頭沒有了，只剩下血糊糊的身體。副駕駛位置上是一個女人，三十來歲的樣子，她的嘴裏正在冒血泡。

我急忙去摸她的脈搏，但卻發現渺無聲息。

我歎息了一聲，隨即去看後座上的那三個人。

後座上是一男一女加上一個孩子。男人肯定已經死亡，因為我發現他的頭顱破裂了，甚至腦漿都在外邊。我即刻去摸那個女人的脈搏，她也已經死了。

在他們兩個人的中間是孩子，一個小女孩。

我心裏頓時湧起一種希望，因為我發現，孩子在兩個大人的身體後面，很明顯，在車禍發生的那一瞬間，兩個大人用他們的身體保護了孩子一下。

我將手伸到孩子的頸部，頓時驚喜，急忙大聲叫道：「孩子還活著，誰來幫幫忙！幫我把邊上的人移開！」

即刻跑過來幾個人。

孩子被我抱了出來，猛然大哭了起來。

我頓時鬆了一口氣，因為孩子的哭聲告訴我，她的傷勢並不重。

我隨即檢查了一下，驚奇地發現，這個孩子竟沒有受到一點傷害。很明顯，剛才她是被嚇昏過去了。

半小時後，救護車和高速公路員警來了，其間，我從圍觀的人群中瞭解到車禍的原因——

一輛大貨車與大巴擦撞後，與中心護欄相撞，側翻在超車道上，而在主車道被擦撞的大巴司機即時將大巴開到離車禍現場五百米的應急道停下。

這時候，一輛轎車路過車禍現場，巨大的好奇心使轎車司機停了下來。就在停下不到一分鐘的時候，一輛在主車道高速行駛的貨車因為踩不住剎車，猛烈地撞在了這輛轎車上，慘劇就此發生……

然而，讓我想不到的是，高速公路的員警竟然批評了我，說道：

「當你駕車在高速公路上看見車禍，你要克制住你的巨大同情心和友愛精神，儘快遠離車禍現場。當然，你可以立即報警。」

我頓時氣急，「我的車在後面！」

「疏散人群和車輛比你救人更重要，明白嗎？」員警說。

我冷冷地道：「我是醫生，不是員警，我看到出了車禍，就只知道跑來急救。」

員警歎息，「對不起，是我不對。不過，我是為了你好，因為我希望你能夠通過這次車禍吸取教訓。你知道嗎，我是高速公路員警，我見過的車禍比誰都多。現在，我批評你，是我給你的最好祝福，因為我希望你能夠印象深刻，萬一今後在遇到車禍，就可以即刻想起我剛才告訴你的話。」

我頓時明白了，不過，我對他的說話方式感到很奇怪，也覺得難以接受。我在心裏想道。

回到家的第一件事情就是洗澡，然後，我把身上所有衣服都扔進洗衣機裏。

我告訴母親說：「媽，用開水燙一下這些衣服。昨天晚上我在農村睡了一晚上，那裏有蝨子。」

阿珠嚇得驚叫了一聲，「馮笑，乾脆把這些衣服扔了吧。」

「燙一下，洗乾淨就可以了，不要那麼浪費。」我說。

其實，我並沒有一點歧視農村人的念頭，只是因為我一直感覺到身上很癢，所以，我懷疑自己衣服上面的蝨子並沒有清除乾淨。

母親說：「阿珠說得對，扔了吧。蝨子很難弄乾淨的，除非是用藥。對了，你過來，我看看，看看你頭髮裏有沒有。」

阿珠又是一聲驚叫，然後大笑著跑開了。

母親在我頭髮裏慢慢尋找，她的手很輕柔，童年時候母親給我的那種溫暖感覺頓時襲上了心頭。

「還好，頭髮裏沒有。不然的話，你只能剃光頭了。」母親說。

吃完午飯後，我好好地睡了一覺。

下午四點過的時候，接到了童瑤的電話，「回來了沒有？」

「中午就回來了。剛睡醒。」我說。

「那你馬上來接我吧。」她說。

我忽然想到了一個問題，「你們錢隊長知道了怎麼辦？他可是你的表哥，而且，完全知道我的情況啊。」

「你到我們刑警隊來了這麼多次，你什麼時候看到他了？」她說。

我似乎明白了，「他調走了？」

「是啊，早就調到下面的一個分局去當政委了。」她笑著回答。

我看了看時間，「我六點前一定趕到。」

「怎麼這麼晚？」她問。

「我還有點事情需要處理一下。」我說。

其實，我只是忽然想起，應該給她母親準備點禮物。既然是假冒男友，第一次上門空著手去可不好。雖然我身上有購物卡，但也不能什麼實物都不帶就去啊？

不過，我有些為難了：究竟買什麼東西好呢？

我發現，這送禮是最煩人的事情了。

下午五點半，我去刑警隊接上了童瑤。

我給她講的第一件事情，就是今天遇見的那次車禍。當我說起那位高速公路員警的時候，我問她道：「童瑤，你們員警都這樣嗎？怎麼老是喜歡把表揚變成批評呢？」

她瞪了我一眼，「我可不是這樣的啊。」

我笑著說：「你稍微好一點。不過，以前我很怕你的。你每次都讓我請你吃飯，還當成是給我的恩惠似的。」

她大笑，「怎麼？你覺得虧了？」

我急忙道：「哪裏，我榮幸之至。不過，我覺得你們當員警的人就是和常人不大一樣。比如說今天我遇見的那位吧……」

我的話還沒有說完，就被她給打斷了，「你說說，那位員警多大年紀？長什麼樣？」

「很年輕，和你差不多大吧，方臉，濃眉。對了，他左側的眉毛上邊好像有一顆痣。」我回憶著說道。

「這就對了。這人我認識，他叫方強。我警校時候的同學。」她說，「我說呢，誰會這麼怪脾氣啊？原來是他。」

我覺得這也太遇巧了，隨即詫異地問道：「你的同學啊，他怎麼去當高速公路員警呢？」

她歎息著說：「有一種人，他需要的不是事業，而是金錢。高速公路員警的收入比我們高幾倍。你明白了吧？」

我似懂非懂，不過，我也不想繼續說這件事情了，因為畢竟和我沒有多大關係，而且今天的車禍讓我直到現在都感到膽寒。

隨即，我問童瑤道：「我給你媽媽買了兩盒腦白金，還有一件駝絨毛衣。也不知道她喜不喜歡。」

「馮笑，你怎麼這麼客氣啊？不用的啊。」她說。

我笑道：「既然是冒充你的男朋友，我當然應該給她買東西了。不然，會露餡的。」

她也笑，說道：「看來我還真找對了人。其實，我也想過讓單位的某個哥兒們幫我一下，但我覺得太熟悉了不大好，萬一媽媽哪天到我單位來，發現了就不好了。而且，我們單位的那些民警，一個個鐵公雞似的，肯定不會像你這樣買東西。」

「是嗎？不一定哦。說不定某位小員警正準備追求你呢。可惜啊，你不給人家這個機會。」我開玩笑地對她說道。

「才沒有呢。馮笑，你不知道，我們當員警的，最不希望自己的那一半也是員警，不然，今後兩個人都沒白天沒黑夜地上班，誰受得了啊？」她說。

我點頭道：「這倒也是。不過童瑤，我覺得你也不小了，應該早些找到自己的那一半才是。」

她卻黯然地道：「幹我們這一行的，看到的都是社會陰暗的一面，平常我們見到的人倒是多，但我沒發現有幾個男人是好的。」

我頓時不語。

「馮笑，其實你的情況我也瞭解一些。你這人吧，心腸倒是不錯，不過，你的私生活可就有些混亂了。幸好你是醫生，沒人管你，呵呵！如果你是領導幹部的話，可就麻煩了。」她隨即說道。

我頓時尷尬起來，「唉！身不由己啊。」

「是啊，這男人長得帥了，錢又多，想避開那些事情都難呢。不過呢，我倒是覺得，和你交朋友很不錯，一是可以隨時讓你請客；二是你這人喜歡幫忙，讓你幫忙辦點事情倒不錯；第三呢，如果我心情不好，還可以找你說說話。我發現，和你在一起還是蠻開心的。」她笑著說。

我不禁苦笑，「原來我就起這個作用啊？對了，童瑤，既然你知道我是那樣一個人，你為什麼還要和我接觸啊？難道你不怕我對你那樣啊？」

說出這句話，完全是因為我和她已經很熟了，而且我發現，自己的膽子也大了不少。當然，主要是好奇。

「你敢！」她頓時瞪了我一眼。

我大笑，「我當然不敢。童瑤，我還不至於像你想像的那麼壞吧？」

「這倒是。其實你這個人並不壞，只不過是意志力薄弱些罷了。不過呢，作為男人，能夠混到你這樣，也可以了。」她說，隨即又是大笑。

我笑得有點尷尬。

她接下來的話更讓我難受，「馮笑，不是我迷信啊，我怎麼覺得，你有些克妻啊？」

我頓時不語。

她卻繼續說道：「馮笑，不是我說話難聽，我覺得，你還是應該收斂一下自己的行為才是。我其實不相信什麼克妻的，但我覺得，你對待婚姻問題有點過於不負責任了。馮笑，你別在意啊，其實我也是為你好。我們是朋友了，所以我才當面講出來。我希望你能夠理解我的一片好意。」

我也知道忠言逆耳、良藥苦口的道理，但我聽了她的這番話之後，還是覺得不大舒服。

其實她沒有必要來得罪我。一個冒著得罪人的風險去提醒對方，這樣的人才是真正的朋友啊。

我頓時領悟了這個道理，隨即對她說道：

「我知道，謝謝你。但是……唉！一言難盡啊。我想過了，除非我離開這座城市，到一個新的環境，否則，我很難避免一些事情。童瑤，你說得對，我這個人就是意志薄弱，沒辦法。」

「離開這座城市就可以了嗎？不一定吧？到時候，你又會遇到新的女人。問題的關鍵是你要懂得克制自己。明白嗎？」她說。

我不禁苦笑，「道理我知道。但是……」

她頓時笑了起來，說道：「我也是瞎操心。不過馮笑，只要你不違法，我也就不會多管你的事情。我只是希望你在做某些事的時候，多思考一下。」

她說的話讓我大吃一驚，心想：難道她知道我和康得茂，還有林易一起做專案的事情了？

我不禁問道：「童瑤，你這話是什麼意思？」

「沒什麼意思，我只是作為朋友提醒你一句。因為我覺得，像你這樣的好人，如果因為完全沉迷於個人欲望而迷失了自己，就太可惜了。」馮笑，我沒有其他意思，只是提醒你一下。你也別多想，至少你現在還沒什麼大問題。」她說，神情真摯。

我頓時鬆了一口氣。

童瑤的家住在一所中學裏面。原來她母親是教師，家裏住的是單位的集資房。我很喜歡學校裏的這種環境，安靜，而且隨時可以看到年輕時候自己的影子。剛才開車穿過學校的時候，我彷彿有一種回到中學時代的感覺，覺得自己的那個年代距離現在是那麼遙遠，然而，轉念間卻又感覺，彷彿就像是在昨天。

「那幾個學生是初中生吧？」我問童瑤，我車前面有三個男生背著書包走過，個子不高，面孔青澀，一路走著，一路還在滔滔不絕地說著什麼。

「高中生。我認識他們，他們是我媽媽的學生。」童瑤這樣回答說。

我詫異地問：「不會吧？怎麼看上去那麼小？」

她大笑，「那是因為你長大了。」

我頓時也笑了，「可能是吧。我在讀高中的時候就覺得自己長大了，現在反過來看，才發現那時候的自己也很小。」

說完後，我隨即想道：難道自己當時喜歡趙夢蕾也是一種幼稚？不，不是的。我很快否定了自己。因為我直到現在都還清楚地記得，自己那時所感受到的趙夢蕾對我的那種強烈吸引力。

眼前過去幾個女生，我依然覺得她們看上去很小，甚至還不能用年輕去形容。我心裏不禁感歎：難道時光飄逝得就如此的快速麼？

車在學校的家屬區停下，我從後車廂拿下東西然後跟著童瑤上樓。學校的集資房樓層不高，很平常的樣式，樓梯顯得有些狹窄，而且樓梯的牆面上斑駁陸離，還有許多的牛皮癬廣告。什麼開鎖的通下水道的廣告到處都是，上到一層樓後發現正對面、兩戶人家中間的牆上竟然也有牛皮癬廣告，不過內容很奇怪：速食！盒飯！後面是電話號碼。

我頓時笑了，「現在的人真會做生意，他們都知道教師很忙了，忙得做飯的時間都沒有了。」

童瑤也笑，「可惜的是，他們不瞭解教師，所以肯定不會有生意。」

「為什麼？」我問道。

「因為教師是最喜歡自己做飯的人。」她笑著回答。

我更加詫異了，「這又是為什麼呢？」

她回答說：「因為老師們工資很少，生活都很節儉的。」

說話間，我們已經到了二樓。而就在這時，我忽然感覺到自己的身體猛然出現了震顫！因為我身旁的她，這時將她的手伸進到了我的胳膊裏面，耳邊聽到她在說：「到了。」

童瑤將手伸進我胳膊的那一瞬間，我竟然出現了久違的心顫。那是一種讓人難以描述的美妙感受。由此，我心裏痛苦地明白了一件事：我的內心一直對她充滿著欲望。

我是醫生，完全明白一個人內心世界對身體的影響，我知道，唯有對她有欲望，才會產生這樣心顫的感覺。那是一個人的心靈被觸動後，所產生的不能自控的反應。

「怎麼？你害怕了？還是冷啊？」童瑤發現了我的震顫，她在問道。

「是緊張。」我急忙掩飾。

「反正是假的，你緊張什麼啊？」她笑著說，隨即去敲門。

「你沒鑰匙啊？」我詫異地問她道。

「你傻啊？」她瞪了我一眼，隨即將她的目光指向了她正挽住的那隻胳膊上面。

我頓時明白了：她是為了讓她母親看到我們親熱的樣子。

門被打開了，我眼前出現的是一位很有風度的老太太。她的頭髮花白，面目慈祥，身上一件紅色高領毛衣。她看見我第一眼的時候就開始笑了。

我記得讀中學的時候，經常用「豌豆角一樣的眼睛」去描寫一個人的笑容，現在我才發現，那種描寫是那麼的貼切。

而且，我發現她的模樣和神態都有些像導師，仔細一看又不像，頓時想起一種說法來：人老了，模樣會變得差不多。

「媽，這是馮笑。」童瑤朝她母親介紹我說。

我發現她的臉竟然紅了。

「小馮啊，快進來坐。我昨天晚上就聽瑤瑤說你要來了。太好了。這是拖鞋，可能有點小，家裏沒男人，你看看這雙行不行？」童瑤的母親慌忙地道。

「媽，別讓他脫鞋了。真是窮講究。」童瑤說。

我急忙將手上的東西放在了門口處，「阿姨，不好意思，我也不知道您喜歡什麼，就隨便去買了點。」

我一邊說著一邊脫鞋子，然後換上她手上的脫鞋，隨即發現，自己的半隻腳都露在拖鞋的外面。這鞋確實太小了。

「算了，你還是別穿拖鞋了吧。你的腳真大。呵呵！腳大江山穩，腳大好。」童瑤的母親頓時也笑了起來。

我急忙地道：「阿姨，您家裏有塑膠口袋嗎？我用塑膠口袋套在鞋外面就可以了。我的鞋太髒，您做清潔會很麻煩。」

「這孩子，真懂事，比瑤瑤懂事多了。你等著啊，我馬上去拿。」老太太說道，隨即朝裏面去了。

童瑤苦笑著對我說：「你看，嘮叨是吧？」

「你今後也會這樣的。嘮叨也是一種關心呢。」我說。

忽然想起導師來，心裏不禁歎息：老人雖然都喜歡嘮叨，但她嘮叨的程度也太過分了些。忽然又想到童瑤的父親早已經去世的事情，不由得明白了導師嘮叨的另一種原因：孤獨。

是的，一個人在孤獨的時候也會嘮叨，而且還可能自言自語。

不一會兒，老太太就出來了，她手上拿著兩隻塑膠口袋。

我穿上皮鞋，然後將塑膠口袋套在皮鞋的外邊，繫上，隨後進屋。

「好難看。」童瑤看著我的腳說。

「沒事，反正又不照相。」

我也笑，隨即去門邊提過禮物朝童瑤的母親遞了過去，說道：「阿姨，您試試這件毛衣，看合適不合適，不合適的話，我明天去換。」

她隨即打開衣服，低聲叫了一聲，說道：「小馮，這得花多少錢啊？駝絨的呢，很貴啊。我幾次都想買一件，就是捨不得。你這孩子，怎麼買這麼貴的東西給我啊？」

「不貴的，穿上很暖和。您看看這顏色行不行？樣式和大小合不合適？」我問道。

我買的是一件暗紅色的高領毛衣，因為我知道，女性年齡大了反而會追求鮮豔，這其實是老年女性不願自己青春逝去的潛意識反應。高領，更暖和，而且還可以遮掩住很多老人臃腫的脖子。

「喜歡，太好了。」老太太高興極了。

我偷偷地看了童瑤一眼，詫異地發現，她竟然在皺眉。我也不好問她。

隨即大家坐下來吃飯。

老太太做菜的手藝不錯，每樣菜的味道都很絕妙。

她今天很高興，話也比較多。

「小馮，你是哪個科的醫生啊？」她問道。

我差點直接回答了，但無意中看到童瑤在給我遞眼色，於是急忙回答道：「外科。」

「哦，男孩子搞外科好。」老太太說。

「就是太累了。」我說道，發現童瑤在笑。

「那你家在什麼地方啊？」老太太又問。

我發現不只是電影裏面才會出現這樣的審問，看來，查未來女婿的戶口是老太太的共性。

「外省的。在江南讀的大學，畢業後就分到了這裏。」我回答，這可是之前就和童瑤商量過的。

「哦，那你父母是幹什麼的啊？」她又問道。

「媽，您真的開始查戶口了啊？」童瑤即刻打斷了她母親的話。

不過，我還是回答了，「我父母都是小職員。一般老百姓。」

「看上去你蠻有教養的，看來你父母也是很不錯的人啊。不然，怎麼可以培養出你這麼優秀的人才啊。」老太太微笑著說道。

我覺得她的這句話才體現出了她教師的職業。

「小馮，你今年多大了？」老太太接著又問。

「我……」這下，我不知道該怎麼回答了，因為我畢竟比童瑤大好多歲。幸好童瑤即刻說話了，「媽，您真是的，有完沒完啊？」

這次我當然不會回答了，於是笑道：

「阿姨，我給你講個笑話。我實習的時候，有一天，主任查房，他一臉嚴肅地把大家拉到走廊上說，這個病人很嚴重啊，大家想想怎麼辦吧？所有醫生都開始冥思苦想，主任見無人回答，突然冒出一句話來，找個時間讓他出院吧。」

老太太一愣，頓時大笑了起來。

童瑤也在笑。

我心裏大喜：終於把話題岔開了。

老太太卻隨即笑著問我道：「你在什麼醫院實習啊？怎麼這麼不負責任？」

我笑道：「開玩笑的。這個笑話其實是我老師以前講給我們聽的。具體是哪家醫院，我也不清楚。」

老太太笑得更歡了，「你們當醫生的真好玩。還有什麼笑話沒有？說來聽聽。」

「有位煤礦老闆的妻子，不小心跌了一跤，斷了一根股骨。煤炭老闆請醫院最好的外科醫生為他妻子手術。醫生用一根螺絲釘將病人的骨頭接好了。手術很成功。醫院向富翁收費五萬塊錢。這位老闆頓時就不高興了。他認為，只不過用了一根螺絲釘就收這麼多錢，太不公平了，於是要求醫院列出收費明細賬。醫院的帳單很簡單：一根螺絲釘一塊錢，知道怎樣放進去，收費四萬九千九百九十九塊，總計五萬。煤炭老闆再也不說什麼了。」

這下老太太沒笑了，不過，她說道：「這個故事好，我明天講給我的學生聽。知識的價值就在這地方。我很多學生不明白這個道理。」

這時候，童瑤也說道：「你們醫院裏面的笑話蠻好玩的，再講一個給我們聽。」

我搖頭說：「醫院裏面的笑話其實並不多，特別是外科醫生，壓力挺大的。這樣吧，我講一個前幾天從醫學雜誌上看來的笑話。說匹茨堡大學的研究人員宣佈，他們已在人的大腦中發現了『易受騙中樞』。他們說，神經外科醫生可以為那些特別容易受騙的人開刀，切除這個『易受騙中樞』。這種手術沒有任何痛苦，也不會損傷大腦的其餘部位。他們還說，假如你相信上面的話，就證明你是一位非常容易受騙的人，現在就可以考慮進行這種手術了。」

老太太再次大笑。

童瑤也笑了，「討厭！」

這頓飯吃得其樂融融，我看得出來，老太太很高興。不過，我發現童瑤其實有些不安。

吃完飯後，我搶著去洗碗，老太太也沒有特別阻攔，同時還表揚了我　句：「這孩子，真勤快。」

將廚房收拾得乾乾淨淨、甚至把裏面以前亂放著的碗筷都一一歸順後，我去到客廳，看見童瑤和她母親正在說著什麼。

我覺得，自己今天的任務算是圓滿完成了，於是笑著對童瑤的母親說道：「阿姨，我要回去了，明天一大早我還要回老家去呢。對了阿姨，這是一位病人送給我的兩張購物卡，我拿著反正也沒用，您拿去自己買點東西吧。」說著，就從錢包裏將那兩張購物卡拿出來，朝她遞了過去。

童瑤急忙地道：「一張就夠了。」

「沒事，兩張加起來也不會讓你犯錯誤的。」我笑著說。

老太太詫異地看著我，我這才發現自己說錯了話，差點露餡了，急忙地道：

「我和童瑤開玩笑的。」

「這一張卡裏面有多少錢啊？」老太太問。

「沒多少，您到商場買東西的時候就知道了。病人送給我的，我也不知道。不會很多的，現在的病人都很精。」我說，心裏不住在向林易道歉。

老太太笑著接了過去，「這孩子，太懂事了。那好吧，明天你要回家，你代我向你父母問好啊，請他們有空到我們江南來做客。」

「好的，阿姨。」我點頭哈腰地道。

「瑤瑤，你送送小馮。」老太太說，臉上一片慈祥。

出門之前，我扯掉了腳上的塑膠口袋。

我打開門出去，聽到老太太小聲對童瑤說：「瑤瑤，我喜歡小馮這孩子，你不要再挑了。」

「知道了，媽！」童瑤在說，很不耐煩的語氣。

我不禁苦笑。

童瑤一會兒就出來了，她在瞪著我，「馮笑，今天你幹嗎表現得那麼好？」

我頓時詫異，「表現得好還不行啊？」

「你傻啊？我們是假裝的，你表現得這麼好，我媽媽真喜歡上你了怎麼辦？這下好了，你買的東西她很滿意，你又會講笑話，還那麼愛衛生，把廚房也收拾得那麼整潔，完了，我媽媽對我說了，如果我不和你戀愛的話，她就要找我算賬！馮笑，你搞什麼名堂嘛，你讓我怎麼辦啊？」她氣急敗壞地道。

我頓時明白了，不禁苦笑，「早知道這樣，我就表現差點了。你自己也沒提醒我啊？」

「唉！是我自己沒考慮周全。其實，如果你表現差了也不行的，那樣的話，她又要我重新找一個了。」她歎息道。

我想也是，隨即笑道：「童瑤，最簡單的辦法就是，你趕快找一個真正的男朋友。這樣的話，你媽媽就不會說什麼了。」

「馮笑，我正想問你呢。你和你的前妻，對不起啊，可能我不該問你。」她說。

我說道：「沒事，你想說什麼就說吧。」

「你和你的前妻是自由戀愛嗎？」她問道。

我一怔，隨即回答道：「算是吧。」

她詫異地問我道：「怎麼叫算是啊？我的意思是，你對她有那種感覺嗎？就是……愛情的感覺。」

我再次怔住了，一會兒後才回答說道：

「你知道的，我和她結婚時，她已經有過一次婚姻了。當時我就覺得，自己對她還是很有感覺的。不過現在我才發現，自己真正喜歡的是她的過去，是中學時候的那個她，那時候，她給了我愛情的滋味。」

「你們那麼早就戀愛了？」她問道。

我搖頭，「是我暗戀她。」

她點頭，「我明白了，其實你對她還是有愛情的。那麼她呢？」

「也應該有吧。」我說，「後來她告訴過我說，其實，中學的時候她就知道我在暗戀她了。唉！誰知道呢，誰知道她會那樣離開了這個世界。」

「我明白了，其實你一直不滿意她曾經結過婚，這後來就成了你性生活混亂的藉口。你一直暗示自己說，她是不完美的，所以，你有權出去亂搞女人，是這樣的吧？」她又問。

這個問題我曾經努力分析過，坦率地講，的確如此，於是道：

「是的。我潛意識裏面有這樣的想法。畢竟，我們每個人都希望自己的愛情或者婚姻是完美的。可是，這或許是不現實的。這個世界上，每個人都有那麼多弱點和缺點，怎麼可能指望愛情是完美無缺呢？」

「是的。」她說，低聲地歎息，隨即又問我道：「那麼馮笑，你對你現在的妻子呢？」

我心裏頓時一痛，即刻對她說道：「童瑤，我們不談這件事情好嗎？」

「對不起。」她說，「馮笑，我很贊同你剛才說的那句話，對待愛情，我們每個人其實都在追求完美。我也一樣。我也希望自己未來的那一半是值得自己去愛的人。當然，他也必須愛我。我絕不會在自己的婚姻問題上將就。否則，還不如不結婚呢。」

我點頭，說道：「那倒是。對了童瑤，難道就沒有一個男人曾經打動過你的心嗎？」

「馮笑，今天謝謝你。祝你及全家春節愉快。」她卻忽然對我說了這麼一句話出來。

我只好和她揮手道別。

上車後，我覺得自己好累，不禁在心裏想道：自己的累和工作一點關係都沒有，全是些亂七八糟的事情。更匪夷所思的是，我竟然在兩天時間裏，冒充了兩個女人的男朋友……

現在，我開始擔心起來：童瑤接下來怎麼去對她母親解釋啊？她躲得過初一，很難躲過十五啊。

好在，我已經完成了今天的任務。

忽然，我又回憶起童瑤抱住我胳膊那一瞬間自己內心的那種震顫來，頓時有了一種異樣的飄蕩蕩的感覺。

她很漂亮，而且漂亮得與眾不同。我在心裏替自己解圍道。

第十章

男人對權力有著天生的癡迷

「抗戰中期，美國記者前往延安，被共產黨人的精神氣質所鼓舞。
回來對宋美齡感慨，中國居然還有一群積極上進的人存在。
宋美齡最後說了一句話：也許你們說的都是真的，
但那不過是他們還沒有嘗到真正權力的滋味。」
我明白了，只要一個人當了官，就會迷戀上權力？
「是的，男人對權力有著天生的癡迷。」他點頭說。

回到家後，父親把我叫到了沙發處坐下，說要和我好好談談。

想起這兩天自己幹過的事情，我心裏頓時惴惴起來。

我規規矩矩地坐下，腦子裏思索著接下來如何應答父親可能會提出的問題。

父親說話了，「馮笑，你一天怎麼這麼忙啊？你又不是官員，就一個婦產科醫生，怎麼天天在外面吃飯啊？」

「都是朋友的事情。」我說。

「平常也這樣嗎？」他問。

「差不多吧。病人請客吃飯，單位的人有事情，醫藥公司、醫療器械公司請客，同學聚會，反正在外面吃飯的時候很多。無法拒絕。」我回答說。

「那你什麼時候看專業書籍？什麼時候陪自己的家人？」父親又問。

我頓時語塞。

「現在醫生都這樣，平常上班的空閒時間裏看看書就不錯了。」這時候，阿珠說道，「馮叔叔，馮笑也是沒辦法，他現在是他們醫院的婦產科副主任，找他的人多。特別是那些醫藥公司什麼的，經常要請他吃飯的，還有病人的家屬。」

「他們會給你紅包嗎？」父親問。

「有時候會給的。」我回答。病人家屬請客的時候，都是要給紅包的。

「那樣會犯錯誤的！」父親嚴肅地道。

我心裏有些不大耐煩，「爸，現在就是這樣的風氣。其實我也不在乎別人的什麼紅包，更不想去吃那飯。但病人家屬的心情應該理解啊？他們總覺得，請醫生吃了飯、給了紅包後，醫生才會盡心盡力地照顧病人。這是人之常情。」

「這倒是。不過，你應該事後把紅包交給醫院的紀檢部門啊。這樣才不會犯錯誤。」父親說。

阿珠在旁邊笑。

我回答說：「現在醫生收紅包已經是慣例了，每所醫院、每個醫生都在收。如果我去把紅包上繳了，反而會讓大家恨我的。」

父親一怔，隨即歎息道：「這都是怎麼了？正直的人反而會被群起而攻之？」

「這個社會就是這樣。其實，醫生拿紅包，吃藥品回扣不算什麼的，這與那些官員的腐敗比起來，簡直是小巫見大巫了。這也叫靠山吃山靠水吃水呢。不然，憑我們那點工資，怎麼養活自己啊？國外的醫生和律師都是高薪階層，我們國家在制定工資標準的時候，不科學。」阿珠說道。

「難怪現在看病那麼貴，原來都是被你們當醫生的吃回扣去了。阿珠，你也吃回扣了吧？」母親問道。

「我們是輔助科室，哪裏來什麼回扣啊？不過，我們的檢查項目醫院會給我們提成。這部分提成就是獎金。」阿珠回答說。

「我們國家這樣幹不行。現在看病太貴了，苦的可都是老百姓啊。我們還好，看病住院可以報賬，農民呢？那些失業勞工呢？唉！」父親歎息道。

「爸，您錯了，看病貴的原因，並不完全是我們藥品回扣造成的。」我說。其實我對這個問題也深有同感，「爸，您知道藥品價格的構成麼？不知道吧？我告訴您。」我繼續道：「藥品的價格形成很複雜，包括幾個方面，一是前期的科研經費，二是申報藥品生產許可等費用，其實說到底就是知識產權。然後才是藥廠的生產成本及合理的利潤。這部分價格就是出廠價。這個價格往往並不高，比如我們常用的治療腹瀉的氧氟沙星針劑，出廠價只有不到兩塊錢一支，但是，用到病人身上的時候，卻高達近五十元一支的價格。這是因為批發價定得太高。

「爸，我再繼續講藥品價格的構成。前面講了出廠價，那麼，批發價是怎麼形成的呢？制定批發價的根據是什麼呢？實話講吧，沒有根據，完全是藥廠做了物價部門工作的結果。所以，批發價往往會遠遠高於出廠價。

「還是舉氧氟沙星針劑的例子，它的批發價是多少？三十八塊左右！對了，我剛才講了，國家有規定，藥品的零售價只能在批發價的基礎上增加百分之十五到百分之二十，不能高於百分之二十。所以，醫院並沒有從藥品中賺取太多的錢，反而，醫院基本上都採用了在批發價基礎上增加百分之十五的價格作為零售價銷售。

「醫生回扣有多少呢？批發價的百分之五左右。這對於每個病人承擔的費用來講，並不高是吧？一個病人購買了一百塊錢的藥品，醫生才得到了五塊錢。所以，醫生的回扣不是造成看病貴的主要原因。」

「難道都是被醫藥公司賺去了？」父親問道。

我搖頭，「也不是。醫藥公司也需要成本，公司運轉、資金、倉庫、職工工資等等，這些成本也很高。而且，醫生的回扣也是必須的。現在，具有同樣治療效果的藥品很多，比如抗菌素就有數十種，醫生開什麼藥物，完全是憑醫生個人的喜好，因為很多藥品的治療範圍和治療效果都是差不多的。所以，在這種情況下，回扣就很重要了。試想想，同樣的藥品，一種開出去了有回扣，一種沒有，那醫生會選擇哪一種呢？這不需要解釋了吧？所以，藥價高的問題不在醫院，也不在醫生身上，而且可以說，也不在醫藥公司那裏。」

「那在什麼地方？」父親問道。

我看得出來，他已經被我說迷糊了，隨即笑道：「問題在國家的政策上面。一方面在藥品價格的制定上控制不嚴，讓藥品的價格有了高額利潤空間。另外一方面，國家在藥品銷售的環節上出了問題。以前的醫藥公司都是國家的，那時候就沒有出現這樣的問題，因為國營公司不敢給醫生回扣，內部也不敢發太多的錢。這樣一來，國家調控藥品價格的時候，就很容易。可是自從允許個人開設醫藥公司後，情況就完全不同了。在回扣的吸引下，國營公司只能在競爭中一敗塗地，而私立的醫藥公司用賺來的錢，聯合藥廠去做物價部門的工作，逐漸形成了惡性循環。」

「按照你說的，那就沒辦法了？」父親問道。

「當然有辦法，那就是取消藥品供應的中間環節。但是可能嗎？這會涉及多少人的個人利益？一個已經實施的政策，想要收回去是很難的。牽一髮而動全身啊。」我歎息著說。

「這樣下去怎麼得了啊？」母親歎息。

父親不再說話了。

我又道：「其實，吃虧最大的還是國家，因為藥品最主要的消費群體是公費醫療部分。」

「公費醫療還不是老百姓上的稅？」父親冷不防地說了一句。

我苦笑，隨即說道：「是啊，所以老百姓受到的是多重盤剝。前段時間，單位發工資的時候，大家都吃了一驚：怎麼發到手裏的錢比以前還少了呢？前段時間，國家大張旗鼓地給每個人漲工資，怎麼錢越來越少了呢？於是，我仔細研究了我的工資條，這一研究啊，立刻大吃一驚。

「事實上，國家真正從我們身上收走的錢裏面，個人所得稅制只是一個小頭，真正的大頭是各類以保障民生為名義的社保。而這些社保裏面，個人繳納的又是小部分，真正的大頭在於單位繳納的那部分：養老保險、醫療保險、失業保險及住房公積金。這裏面，個人繳納的比率合計為百分之十八，而單位繳納的比例合計達到了百分之四十三。

「不要以為單位繳納部分和我們沒有關係，其實這是一回事情，如果單位不需要交納這些的話，這些錢至少會有很大一部分變成工資發放。這兩者唯一的差別在於，把它叫做單位繳納，一般個人不會有抵觸情緒，國家收起來更加容易。

「假設一個人帳面工資是六千元，那麼，單位實際付出的就應該是八千五百八十元，其中社保個人帳戶裏面有一千四百四十元，社保統籌帳戶裏面二千二百二十元，個人納稅收入四千九百二十元，個人所得稅三百四十八元，最終個人收入四千五百七十二元。

「如果我們把社保統籌帳戶的錢叫做社保稅的話，那麼，社保稅的稅率為百分之二十五點九，個人所得稅的稅率是百分之四，所以，實際我們收入的稅率為百分之三十左右。」

「馮笑，也許是我們太嘮叨了，人老了話就多，但是，你應該理解我們當父母的心情。也許等你的孩子長大了，你就知道了。這次我們來，也不可能住很長的時間，春節後我們就要回家去了。畢竟我們還沒有退休。我們給國家幹了一輩子啦，不想在這最後的時候撂擔子。唉！我們老了，今後，你的事情你自己把握吧。」父親歎息著說。

「早點退了吧。爸，何苦呢？把位置騰出來給年輕人。我不是說過嗎？媽媽也辛苦了一輩子了，您帶她出去好好玩玩吧。人生苦短，來到這個世界一趟不容易，應該好好看看這個世界上的大好河山。您說是嗎？」我勸道。

忽然，阿珠站了起來，朝屋裏面跑去。

我這才意識到自己剛才的話觸動了她。

母親急忙跟了過去。

父親搖頭歎息著說：「馮笑，你不理解我們這一代人對國家的感情。」

我頓時不語。

忽然，我的手機響了，是常育。

「馮笑，明天我準備去給黃省長拜年，他說希望你能一起去。你有空嗎？」

「好吧，我明天與你聯繫。」我說。

電話掛斷了，我苦笑著對父親道：「您看，明天晚上我又要出去了。常書記讓我和她一起去給黃省長拜年。」

我說這句話的時候是帶有一種自豪的，但是想不到，父親卻忽然問了我一句：「馮笑，你和那位常書記，究竟是什麼關係？」

父親的眼神嚴肅，甚至還有些凌厲。

我頓時一陣心慌，一時不知該怎麼回答父親的問題。

我的心太亂了。

父親的眼神柔和了下來，「馮笑，我和你媽媽都是老實本分的人。你讀的書多，應該明白些道理。現在，你成了我們江南首富的女婿，這是你的造化。雖然我和你媽媽開始對這件事感到有些不安，但後來覺得，這樣也好，至少可以讓你能安心下來，好好搞你的學術，不會為了金錢去操勞，去犯錯誤。

「所以，我希望有些事你千萬不要去做。官場上的人我看清楚了，這些人往往經歷了如履薄冰、戰戰兢兢的過程，所以，他們總要比一般人更殘酷才行。馮笑，你其實沒有必要和那麼高級別的官員接觸，這對你沒有什麼好處，除非你也想進入到他們的行列。可是那樣可能嗎？當醫生多好？安安全全、穩穩當當地過一輩子，你說是嗎？」

父親說話的聲調很低，而且語重心長。

不過，我覺得他的話太極端，所以，在他說這些話的過程中，我不住在思索：該怎麼回答他的問題？當他說到高級官員無情、殘酷的時候，我猛然想到了答案。

我說：「爸，您誤會了。常書記其實是黃省長的學生，他們之間還有另外一層關係，這我就不多說了，您應該想得到。自從那次常書記找我看病之後，她就非得認我當她的弟弟，所以我一直稱呼她姐姐。

「還有，黃省長以前是高校的校長，後來是省教委的主任。雖然他和常書記有那樣的關係，但是，我聽說這個人很廉潔，學問也很不錯。而且，常書記和他有那種關係也是有原因的，這涉及常書記的婚姻。常書記的前夫我也認識，還在一起吃過幾次飯。他現在是我們省一個地區的專員，為人也還不錯，他和陳圓的爸爸關係很好。

「爸，我並不想靠他們做什麼事情，不過，我覺得自己每次和他們在一起的時候，都可以學到很多東西。最近我準備申請一個科研專案，這個專案在全國、甚至全世界都比較超前，但是，我的年資太低了，所以擔心這個專案批不下來。這次去與黃省長一起吃飯的話，不正好是個機會嗎？」

開始的時候，我說得結結巴巴的，但到後來就順暢了，而且思緒也打開了。父親的臉色慢慢在變，變得越來越慈祥起來，「這樣啊。看來我真是誤會了。可是，那位黃副省長為什麼要你去一起吃飯呢？」

我再次一驚：是啊，為什麼呢？我的腦子裏如電般在思索著，隨即回答道：「我也不知道啊。可能是常書記有什麼想法吧？我那同學康得茂的事情是常書記一手辦的，我總得給常書記這個面子吧？哦，對了，有一次，常書記的身體出了問題，是黃省長親自送她到醫院來讓我做的手術，當時我想到那件事情對他影響不好，就讓他馬上離開了。我估計那件事情讓他覺得我還不錯吧。」

我沒具體說常育那次究竟出了什麼問題，因為我覺得，自己只能說到這個程度了。要知道，如果不是因為父親問我的話，我連這件事情也不會說的。

「哦，這樣啊。」父親說，「那你明天還是去吧。」馮笑，我沒有其他什麼意思，只是不想看到你今後出問題。俗話說，可憐天下父母心，你要理解。」

我心裏愧疚萬分，同時也很感動，低聲道：「爸，我知道的。」

「好了，你也累了，早點去睡吧。孩子睡得很好，一天要睡上十七八個小時，這說明他還很健康。你別擔心，我們在這裏會照看好他們的。我們也知道，如果我們一直住在你家裏的話，你會很不方便，我們太嘮叨了。這樣吧，等我們退休了再來給你帶孩子。還有一句話，我只能悄悄問你，馮笑，你想過沒有？萬一陳圓一直不醒來怎麼辦？難道你真的要這樣陪她一輩子嗎？人生也就幾十年的光景啊。」父親很真誠地望著我。

「陳圓那麼可憐，她為了生孩子變成現在這樣，我怎麼忍心拋棄她呢？爸，您的意思我明白，但是，要讓我不管她，我做不到。」我說，神情黯然。

「也罷，我理解。所以，我和你媽還是暫時不和你住在一起的好。」父親說。

「這沒有關係的啊？家裏這麼寬，不影響的。」我急忙地說。

「你還年輕，要有你自己的生活。有些事情我們看見了，發現了，如果不管的話，又覺得沒有盡好父母的責任。但是，如果批評你呢，又覺得對你太殘酷了。唉！你這孩子，太苦了。好啦，你去睡吧，我也累了。你媽媽和阿珠不知道在說些什麼事情，這麼久了都還沒出來。阿珠這丫頭很不錯，就是太單純了些。好啦，不說了。」父親說著便站了起來，沒有來看我，隨即去了他睡覺的房間。

我怔怔地站在這裏，一時間沒明白父親話中的意思。

我仔細回味，一會兒後才想明白，心裏頓時五味雜陳起來。

父親話中的意思很明顯，他是看到陳圓已經變成這個樣子，而我卻年輕而且生龍活虎的，個人的私生活總得要去考慮，在這種情況下，如果他和母親住在我家裏，是管呢還是不管？所以，他才決定離開。

他最後的那句話更有深意，我當然明白了，不過，我覺得完全不可能，而且也不應該。

可憐天下父母心。現在，我終於明白這句話的意思了。

有件事情我很奇怪：蘇華今天沒有來。

也許她當時那樣說，只是一時衝動吧？這樣也好。

當然，我不會主動給她打電話。

第二天上午，我去了一趟醫院。

章院長說了，馬上要我全面負責婦產科的工作，所以，我覺得應該去醫院看一下才放心。

臨近春節，病房裏的病人少了許多，門診量也小了。我知道，在現在這樣的時間，如果不是萬不得已的話，病人是不會到醫院來的。所以，我要求值班醫生和護士儘量對病人客氣溫和一些。

巡視完了門診和病房後，我回到辦公室裏。我想趁這個機會好好思考一下科研專案的事情，同時也仔細研究一下鄭大壯給我的那些資料。

看得正投入的時候，忽然接到一個電話，是丁香打來的。

「馮醫生，春節快樂！我給你拜年啦！」

她的聲音很好聽，我的心情頓時愉快了起來。

「丁老師，我也祝你春節快樂！」

「幾天不見，你就和我這麼生疏了？」她頓時不滿起來。

我笑，「是你先叫我馮醫生的啊？怎麼怪罪到我頭上了？」

「我是女人呢。」她說，隨即發出銀鈴般的笑聲。

我耳朵裏頓時充滿了一陣清脆悅耳的聲音。

「對了，我問你，春節準備在什麼地方過啊？」

「就在省城過啊，怎麼啦？」我說。

「太好了，那我從家鄉回來後，你請我吃飯啊。」她笑道。

「沒問題。」我說。

「我父母做的香腸、臘肉好好吃，到時候我給你帶點來。」她又道。

「不用了，你一個女孩子，那麼遠帶東西來很麻煩的。」我說。

「味道特別好的，到時你嘗了就知道了。」她說。

「也罷，那我先謝謝你了哦。」我說，隨即又吩咐道：「少帶點啊。」

「你以為我要給你帶很多啊？你想得美！」她大笑。

我「呵呵」地笑，卻聽到她在問我：「馮笑，你買車了沒有？」

「買了啊，我好像告訴過你吧？」我說。

「我記不得了。」她說，「買了多久了？」

我忽然想起自己曾經和她的約定來，於是回答道：「沒多久……」

「哼！你說話不算數！」她大聲地道。

「丁香，你聽我解釋。主要是，我老婆出事了，所以一直沒和你聯繫。對不起啊。」我說。

「你老婆出什麼事了？」她問道。

我頓時黯然，「她生孩子的時候大出血，現在一直昏迷。」

「啊……對不起啊。我什麼時候去看看她。」她的聲音頓時小了許多。

「沒事，你看了也沒用。我還是醫生呢，我都沒辦法。」我說。

「孩子呢？孩子怎麼樣？」她問道。

「孩子是早產，不過現在的情況很好。」我說，心裏頓時有了一絲愉快，因為我忽然想起孩子可愛的小模樣來。

「那就好。馮笑，這下你可就很累了啊。你告訴我，需要我替你做什麼？我們是朋友，你直接講就是。」她隨即說道。

我很感動，「不用，我家裏有保姆，而且還專門請了一位曾經當過醫生的人照顧她。」

「唉！馮笑，你要想開一些，事情已經發生了。唉，你看我，說這些有什麼用呢？好吧，我最後說兩句話，一是再次祝你春節快樂，二是希望你有事情直接給我打電話。春節後見。」她連連說道。

「呵呵！你說話像領導一樣，我還真不敢相信電話的那頭是你。」我說。

她大笑著掛掉了電話，電話也在她銀鈴般的笑聲中戛然而止。

我不禁想：其實，她的生活也不是那麼順利，但她卻永遠那麼陽光……我不禁有些羨慕起她來。

中午回家的路上，我給常育打了個電話，「姐，我晚上可以不去嗎？」

「怎麼？你父母的原因？」她問道。

「那倒不是。」我說，當然不會承認這一點，「主要是我覺得和黃省長不熟悉，而且他那麼大的領導，我擔心自己緊張。」

「實話告訴你吧，是黃省長說要見你。」她說。

我頓時詫異起來，「他要見我？什麼事情？我不就一個小醫生嗎？」

「很簡單，他就是想結交一位醫生朋友。」她笑著說。

我根本不相信，「姐，別騙我了。我可是婦產科醫生，黃省長又不是女的。」

她大笑，「我和你開玩笑的。他告訴我說，他覺得你很不錯的，很顧大局，而且很有靈性。」

我不禁更加懷疑起來，「不會吧？難道他要我給他當秘書？」

「你想得美！如果他選一個婦產科醫生給他當秘書的話，別人會笑死了。虧你想得出來！哈哈！」她大笑，隨即又說道：「我也不知道他為什麼要點名讓你參加今天的晚宴。你來了就知道了，一定要來啊，別讓我沒面子。」

「還有哪些人？」我問道，心裏覺得更加奇怪了，而且我還很好奇。

「估計就他，還有他的秘書，我，你，就我們四個人吧。他沒說。」她回答。

「在什麼地方什麼時間呢？」我問道。

「晚上六點，希爾頓大酒店，一號雅間。到時候我給你打電話。你到了給我打電話就行。」她說，「好了，我馬上要開會，晚上見。」

電話被她掛斷了，我不住嘀咕：怎麼又開會啊？

我隨即給林易打電話。

「好事情啊。」林易聽我說了晚上吃飯的事情後，頓時高興起來，「這下好了，你終於可以和他坐在一起了。今後的關係發展起來就自然了不是？」

「問題是，我該送什麼給他啊？常姐說是去給他拜年呢。」我苦惱地說。

「常書記怎麼說的？」他問。

「她說拜年就是當面說一句話的事情。」我回答道。

「這樣啊……」他在沉吟，「既然常書記都這樣說了，那你就直接去就是了。什麼東西都不要帶。今後有機會再說吧。你現在這身分，給他送東西反而不大合適。而且，我也不知道他究竟喜歡什麼。當然，像他那樣的高級知識份子，送名畫或者古董是最好的，但是，今天太唐突了。以後再說吧。」

「行，那就這樣。」我說，心裏頓時鬆了一口氣。

「對了馮笑，大年三十我們一起吃頓飯吧，就在你家裏，我把廚師叫到你家裏來，我們兩家人好好吃頓團年飯。」他隨後說道。

「好。」我說，「大年三十不就是明天嗎？」

「是啊，明天。明天晚上我們過團圓年。」他說。

猛然地，我又開始著急了：我應該給他拜年的啊？我又該送什麼東西給他呢？一會兒回去問問爸爸再說。我心裏想道。

我隨即不禁苦笑：過年還真麻煩，光這送東西的事，就完全可以讓人瘋掉了。

父親聽了我的問題後，頓時笑了起來，「這還不簡單？他那麼有錢，你根本就不需要給他送什麼值錢的玩意，只給讓他高興的東西就可以了。」

我苦笑道：「問題是，我就是不知道送他什麼東西可以讓他高興啊。」

「那我問你，他現在最希望的事情是什麼？這你知道吧？」父親問我道。

我撓了撓頭，「他希望他的公司早日上市。」我說。

父親沉吟著，猛地一拍大腿，道：「有了，你去給他買一籃柿子。明天晚上吃飯的時候，當著他的面放到桌上來，同時說，上市啦！他絕對高興。」

阿珠在那裏笑。

母親也笑道：「你也真是的，這樣怎麼可以？」

父親搖頭晃腦地說：「聽我的，絕對好，他一定很高興。」

我也表示懷疑，因為我覺得，這樣的事情只有在電視裏才會有，現實生活中，這樣做太搞笑了。

下午五點鐘，我準時從家裏出發了。

父親看了我一眼，欲言又止的樣子。

我對他說：「我吃完飯就馬上回來。」

他朝我點了點頭。

在路上，我接到了康得茂的電話。

「馮笑，晚上我到你家裏拜年，可以嗎？我好不容易才把今天晚上的事情推脫，常書記正好又有她自己的事情。」

「不行啊，我晚上有事情呢。」我說，不想告訴他今天晚上我和常育在一起的事情。

「那怎麼辦？我沒有其他的時間啊？你那邊可不可以推一下啊？」他說道。

「真的不行。」我說。

想了想，我覺得還是告訴他的好，免得他覺得我太高傲了。

我們是同學，這樣的誤會產生，有點太不值得了。

「晚上我和常姐在一起。我們一起去給黃省長拜年。得茂，我謝謝你了，我們是老同學，又是好朋友，沒必要這麼客氣的。對了，你的卡我還是還給你吧，萬一你要用錢呢？」

「就放在你那裏。到時候，你準備投資的時候告訴我一聲就是。馮笑，你真厲害啊，竟然和黃省長一起，今後，我可要多依靠你才是啊。這樣吧，你那邊結束的時候給我打電話。馮笑，我可不是來給你拜年，是給你父母拜年，明白嗎？我必須來的，不然的話，我心裏會過意不去，晚上會失眠，白天會神思恍惚，你願意我這樣嗎？」他笑著說。

我也大笑，「好吧，就按照你說的辦。」

我現在明白了，我告訴他今天晚上的事，其實還是出於潛意識的虛榮。所以，話一出口，我頓時後悔了，因為我擔心康得茂會因此想到我和常育，還有常育與黃省長的關係。

也許是我多慮了。我心裏這樣安慰自己。

我到希爾頓酒店時，常育已經到了，裏面還有好幾個人，我當然都不認識。

當常育介紹他們給我的時候，我頓時惶恐起來，因為其中有兩位竟然是我的頂頭上司：醫科大學的黨委書記和省衛生廳的廳長。

還有一位是江南大學的校長。

其他的是省教委的主任，某市的書記，某地區的專員。

只有我一個人是平頭老百姓。

他們都在看著我微笑。

醫大的黨委書記很親切地看著我，「馮笑，早就聽說過你了——我們附屬醫院最年輕的科室主任。不錯。」

我只好朝他笑了笑，表示回應，其實我的心裏惶恐得要命。

不多久，黃省長來了，帶著他的秘書。我發現，他看上去很年輕，腮邊的絡腮鬍刮得乾乾淨淨的，一片烏青，這更增添了他男人的魅力。

他身穿黑色西服，還戴了一副黑框眼鏡，這顯得他十分的儒雅。

他進來後，一一去和每個人握手，最後才輪到我。前面他和其他人都是握一下後就放開了，但是到了我這裏，他卻一直將我的手握著，「小馮不錯，上次我親戚的事情麻煩你了。技術過硬，醫德也很好，我那親戚對你交口稱讚呢。」

我當然知道他這是在胡謅，於是，只好配合他的話說道：「應該的，應該的。能夠為領導的親戚服務，我不勝榮幸。」

他大笑著鬆開了手，隨即坐到主位上面，繼續笑著說道：「小馮真會說話。」

秘書給大家安排了座位：黃省長的左右分別是衛生廳長和教委主任；教委主任的旁邊是江南大學的校長，再旁邊是醫大的書記。

衛生廳長的一側分別是常育，另外一個地方的書記，還有那位專員，然後才是我和黃省長的秘書。

我的位置正好與黃省長相對。當然，他是主位，我是末位。這我還是知道的。

服務員開始上菜，也拿來了酒。

黃省長開始說話了，「明天要過年了，今天，我把衛生系統和教育系統的主要領導，還有高校的領導、地方上的幾位一起請來吃頓飯，算是提前過個春節吧。

「我們都很熟悉了，也是多年的老朋友了。以前，我在省教委工作的時候，大家每年都要在年前這樣聚會一次，所以，今年也不能例外。

「不過，今天多了一位小朋友，就是我們的馮醫生。我今天請他來呢，不僅僅是因為他幫了我親戚的忙，更多的是，我覺得在我們當中，應該加入一位年輕人，這樣，我們才覺得有活力。

「其實，我一直到現在都還在懷念自己在高校工作的那段時間。那時候，我天天和學生們在一起，自己也覺得自己很年輕。唉！一晃就是幾十年過去了，人也變得懷舊起來了。」

「黃市長，你哪裏老了？你只比我大一歲好不好？」江南大學的校長說道。

「是啊，在座的雖然數黃市長的級別最高，但年齡卻是我第一。黃省長，你可是還可以幹好多屆啊，我就不行啦，明年就要離休了。想當年，我四十多歲的時候，和你們這些年輕人喝酒，我可從來沒有怕過。現在可不行啦。」教委主任說。

「倒也是，那時候，大家的精神勁都很十足，喝酒也很厲害，吃什麼都覺得好吃。不像現在，吃什麼都不香。」醫大的書記說。

「那時候的東西基本上沒有受過污染。現在的食品啊，安全隱患太嚴重了。」常育笑道，「所以，我準備在我們市大力發展綠色種植。我們是省城的衛星城市，也是省城最大的蔬菜供應基地，我覺得這項工程非常必要。」

「常書記，如果你把這件事情幹成了，功德無量。老百姓一定會感謝你的。」黃省長笑著說。

「那就請黃省長多給我們撥點資金吧。」常育說。

黃省長大笑，「你們看，常書記真是會伸手要錢，連這樣的機會都不放過。」所有的人都大笑。我也跟著在笑。

我覺得，這樣的環境和氣氛很新鮮，感覺是完全不同的一種天地。

「不過，常書記說的這個項目確實很重要，吃的問題對老百姓太重要了，食品安全問題不能忽視。張廳長，你們衛生監督部門可要加大對劣質食品的打擊力度哦。」黃省長繼續道。

「黃省長都下指示了，我們照辦就是。」衛生廳長笑著說。

「不是我下指示，是老百姓需要你們這樣做。」黃省長說，「我相信大家都一樣，在酒店吃飯的時候占大多數。老百姓在背後罵我們搞腐敗，其實他們根本不知道我們的痛苦。這在酒店吃飯是最痛苦的事情了，還不如回到家裏就著鹹菜喝一碗稀飯呢。你們說是不是？」

所有的人又大笑，都點頭說「是」。

黃省長點頭道：「其實，無論古今，吃大宴都不是件輕鬆的事情。所以，真正的吃客，對那些場面上的酒宴都敬而遠之。真正的美食，在路邊攤肆，在自己家的廚房裏，豪華酒店往往是沒有的。可惜的是，我們現在難得有那樣的口福了。官員成了公眾人物，與那些明星沒什麼區別了。如果去到路邊小攤吃東西，被認出來可是一件麻煩的事情。真的，我前不久到一個地方去調研，本來準備微服私訪一番的，結果被人認出來了，一下就出現一個中年婦女跪在我面前不住叫冤枉。不是我覺得不應該處理那樣的事情，而是她這樣一來，把我微服私訪的目的搞砸了。後來，我批示調查那個案子，結果發現，根本就不是什麼冤案，而是有人指使那個婦女惡人先告狀。」

那位專員說：「這件事情我知道。估計當時你的行蹤也是被人悄悄洩露了。主要是那地方黨政班子不團結，所以才有人搞那個小動作。」

黃省長點頭道：「是這樣。不過，問題已經搞清楚了。好啦，不談工作了。來，我們一起喝一杯。我在這裏祝各位全家幸福，春節愉快。」

這時候酒宴才算正式開始。

桌上我最年輕，其次是黃省長的秘書，而且黃省長特意介紹了我，所以，我喝下的酒最多。

幸好後來黃省長保護了我，他說：「你們別把他給灌醉了。一會兒，我還要和他談點事情。」

不過，酒宴結束的時候，我還是有了些醉意。

其他的人離開後，黃省長單獨把我留了下來，他問我道：「小馮，你想不想搞行政工作？」

我急忙搖頭，「我不行。我是醫生，只會給人看病。」

他笑了笑，「也罷，當醫生好，單純。」

我說：「是啊，我這人不大喜歡動腦筋，也不懂得察言觀色。」

這時候我才發現，自己在喝了酒之後，膽子變得很大了，如果換在平時的話，我根本不可能說出這樣的話來。

「我看啊，你很聰明的。算啦，其實搞行政工作也沒什麼意思，不是每個人都適合的，也不是每個人都發展得那麼好。當醫生還是不錯的，也很受人尊重。」他感歎著說。

我笑道：「我也是這樣想的。」

這時候，他卻忽然問了我一句：「你平常怎麼稱呼常育的？」

我想也沒想地就回答道：「我叫她姐啊。」

他大笑，「不錯，她有你這樣的弟弟真不錯。好了，你先走吧，我還要利用這個時間和另外的人談點事情。對了，你那位叫康得茂的同學，聽說很不錯是吧？」

我點頭，「他很不容易，有現在的一切，全靠他自己個人的奮鬥。」

他也點頭，「我知道。不過，我覺得你更不錯，你幫了他那麼多，卻一點不攬功。他能夠交上你這樣的朋友，也算幸運。好了，小馮，你先回去吧。」

我急忙告辭後離開。

在門口處，我卻發現了他的秘書和那位地方上的書記。

原來他沒走啊。我心裏想道。

我剛坐上車，就接到了常育的電話，「你馬上到我家裏來一趟，我剛開車從酒店出來。」

我有些為難，因為我答應了康得茂。於是，我對她說道：「康得茂和我說好了的，他馬上要去我家裏給我父母拜年。」

「那你晚些到我這裏來，我等你。」她說，隨即掛斷了電話。

我看著自己的手機發愣。

給康得茂打了電話後，我開車回家。剛到樓下就接到了他的電話。

他告訴我說，他在茶樓的下面。我這才想起，他沒去過我家裏，於是急忙朝社區外邊走去。

他帶來的是一輛商務車，駕駛員也在。

商務車側邊的門滑開後，我發現車裏全是花花綠綠的東西。頓時明白這傢伙今天晚上肯定在四處拜年，而且是在假公濟私。

我笑著問道：「這都是些什麼啊？」

他從車身拿下來四個漂亮的紙袋，「這是常書記吩咐我辦的。她和我各一份。沒啥，就是煙和酒。」

「謝謝啦，公家的東西我就不客氣了。」我笑著說，隨即從他手上接過兩個紙袋，發現一個袋子裏是兩瓶茅臺，另一個袋子裏卻是兩條中華香煙。

隨即，我和他各提了兩個紙袋朝我家裏走去。

離開的時候，康得茂吩咐了駕駛員一句：「就在這裏等我。」

我心想：他可能上去坐一會兒就離開。

正想著，卻聽到他在問我：「馮笑，今天你好像有些醉意了啊？」

我苦笑道：「是啊，桌上就我最年輕，我不喝醉誰喝醉啊？」

「可以問問嗎？晚上你們哪些人在一起？」他又問道。

我說了，然後又道：「開始的時候我很惶恐的，因為就我一個平頭老百姓。不過酒這東西真好，可以壯膽。」

他大笑，隨即說道：「馮笑，難道你沒看出來啊？黃省長今天的安排可是很有講究的。」

「什麼講究？」我詫異地問道。

「衛生廳廳長，你們醫科大學的黨委書記。你想想，這裏面包含了什麼東西？」他說，很神秘的表情。

我忽然想起酒宴結束的時候，黃省長問我的那件事情來，頓時就明白了，隨即淡淡地笑道：「我這人，對有些事情不感興趣。」

他說：「抗戰中期，美國新聞記者組團前往延安，他們被共產黨人的精神氣質所鼓舞。回來後，他們對宋美齡感慨，中國居然還有這樣一群積極上進、健康廉潔的人存在。宋美齡最後說了一句話：也許你們說的都是真的，但是，那只不過是因為，他們還沒有嘗到真正權力的滋味。」

我聽見他忽然講了這麼一個歷史故事，一怔之後，頓時就明白了，「你的意思是說，只要一個人當了官，就會迷戀上權力？」

「是的，男人對權力有著天生的癡迷。」他點頭說。

我頓時笑了起來，「那也不一定，宋美齡的話難道就都是對的了？」

「馮笑，你現在是婦產科的副主任了，你感覺自己現在和以前當醫生時一樣嗎？」他笑著問我道。

我頓時怔住了。

是啊，好像是不大一樣了啊？至少我當了副主任後，幫了余敏，這其實就是權力在起作用啊。

他拍了拍我的肩膀，「兄弟，機會可要抓住啊，不是每個人都有這種機會。」

我忽然想起一件事情來，「得茂，黃省長還問到了你的情況。」

他大吃一驚的樣子，「什麼時候？當著那麼多人問的？不可能吧？」

我說道：「當然不是。吃完飯後，他單獨把我留了下來，在說事情的時候問到了你。」

他即刻站住了，「馮笑，你仔細說說情況。哦，對不起，我很想知道他對你都說了什麼。當然，如果你覺得方便講的話。」

我笑道：「有什麼不方便的？」於是，就把黃省長的話一一對他講述了一遍。

「謝謝，謝謝你！」讓我想不到的是，他聽完了後猛然地將他手上的東西放在了地上，然後伸出雙手來，緊緊將我的手握住了。

我覺得他確實有些失態了，於是笑著問道：「得茂，不至於這樣激動吧？他不就問問嗎？」

他隨即鬆開了我的手，「馮笑，你不是官場中的人，當然就不敏感了。他是副省長呢，像他那樣級別的官員，一般情況下是不會隨便去問一個人的情況的。」

我彷彿明白了，「得茂，這麼說來，你又要升遷了？那我提前祝賀你啊。」

他卻在搖頭，「升遷是肯定不可能的，因為我這次的提拔就已經算是破格了。這才多久啊？不會的。」

我頓時糊塗了，「那你這麼激動幹什麼？」

「我分析，可能不久我就要換崗位了。級別肯定是一樣，但是位置會更重要。所以，我要感謝你啊。」他說。

我狐疑地看著他，見他在朝我點頭，我頓時笑了，「祝賀你。不過，我確實無心去搞行政工作。你說得對，權力這東西可能會吸引每一個男人，但是，我覺得你們這樣的生活太累了。你看我現在多好？生活輕鬆愉快，還不容易犯錯誤。」

他大笑，「有道理。不過啊，這次你可能不會再像以前那樣清閒了。按照今天晚上黃省長的這種安排，你不久也會有新的安排的。這是很明顯的嘛，不然，黃省長為什麼把衛生廳長和醫大的書記叫來？」

我想了想後，搖頭道：「不可能。第一，我已經拒絕了。第二，今天來的還有一位專員和另外一位市委書記呢。對了，省教委的主任也在。」

「教委主任當然是你們醫科大學這條線的，這就不用多說了。專員和那位書記嘛，呵呵！馮笑，你仔細想想就應該明白了。」他說，再次出現那種神秘的表情。

仔細想想？他這話什麼意思？我頓時愣住了。

「我不明白，你提示我一下。」想了一會兒後，我問他道。

「教委、衛生廳、高校的領導在場，然後，地方上的領導在那裏幹什麼？你還不明白啊？」他說，隨即又道：「馮笑，我可什麼都沒說啊。」

我頓時明白了：黃省長安排今天晚上的晚宴，看似老朋友在一起聚聚，其實卻很有深意。說到底，今天晚上的安排，都是在圍繞常育和我罷了。

是啊，如果只有高校和教委、衛生廳的領導在場的話，常育出現在那裏，豈不就太顯眼了？

在想明白了這件事情後，我忽然意識到了一點：康得茂肯定知道常育和黃省長之間的關係！對，這傢伙一定知道。而且，也許當初他讓我介紹常育和他認識的最終目的，也是在黃省長這裏呢。

我忽然感覺到，康得茂這個人似乎也不是那麼的簡單了。有一點我不能肯定：今天晚上，黃省長的這個安排究竟是出於他本人的想法呢，還是常育的提議？我覺得，後者的可能性最大。畢竟，一位副省長不可能考慮到我這樣一個小人物的事情。

很快地，我和康得茂就到了我家裏。

讓我想不到的是，康得茂竟然有些拘束。

他剛剛進屋的時候，朝著沙發處正在看電視的我的父親叫了一聲：「馮叔叔」後，就怔在了那裏。

我急忙把他介紹給了父親，父親隨即熱情地邀請他去坐下。

這時候我才發現，阿珠從裏面出來了，頓時明白剛才康得茂拘束的原因了。

我心裏不禁詫異：這傢伙不會真的喜歡上阿珠了吧？如果真的是那樣的話，就麻煩了。因為阿珠在我面前明確表示過，不喜歡他。當然，我也覺得他不合適。

「我聽馮笑說起過你。小康啊，你可真不簡單啊。你們這些年輕人和我們那時候真是不大一樣了，真是長江後浪推前浪啊。」父親說。

「馮叔叔，您別表揚我。我這人經不得表揚的，容易自滿。」康得茂這下恢復正常了，他謙虛地說道。

「小康啊，你不知道，我們家馮笑可是佩服你佩服得不得了呢。」父親說。

「馮叔叔，您別這樣說。我能夠有今天，完全是馮笑在幫助我。真的，我內心裏面對他很感激的。」康得茂隨即真誠地道。

我說：「得茂，你是我同學，我當然應該幫你了。主要還是你自己優秀，又很努力。」

「你們是同學，本來就應該互相幫助才是。人這一輩子，最珍貴的友誼就是同學和戰友了。小康，今後也希望你多幫幫我們馮笑才是。」父親微笑道。

「是。」康得茂說，「其實我幫不了馮笑什麼，因為他不需要我幫助，反而是我需要他的幫助。他本身優秀，又是醫生，工作環境單純，沒我們這樣複雜。」

父親點頭道：「這倒是，不過，一個人不可能一輩子都那麼順的，今後的事情很難說呢。」

「馮叔叔，您說得對。」康得茂感歎道。

父親大發感慨：「我是過來人了，人情冷暖都嘗遍了。這個世界就是這樣，有的時候，人家會對你好，好起來讓你覺得比自己的親人還親，可是，這些人也可能一下子就翻臉不認人了，這時候你們才會發現，人與人之間的情感，有時候還沒有一張紙薄呢。唉！」

康得茂笑著道：「馮叔，您這樣說，我倒不好意思把送您的禮物拿出來了。」

我詫異地道：「東西不是已經拿上來了嗎？對了，這是得茂和常書記給您拜年的東西，常書記很忙，所以，委託得茂來了。」

「太客氣了。」父親說，「小康，我剛才的話沒有其他什麼意思。我的意思是說，交朋友就應該交真心朋友。一個人一輩子有那麼兩三個真心朋友就夠了。《水滸傳》裏不是有一百零八位結拜兄弟嗎？這一百零八個人之間都是真朋友嗎？我看未必。宋江心裏也就只把其中的兩三個當成真心朋友而已。」

康得茂說道：「馮叔叔，您的話真是讓我有醍醐灌頂之感啊。」

阿珠說：「馮叔您說得真好。以前我爸為什麼從不給我講這樣的道理呢？」

「阿珠，有個道理你不知道。女兒是應該寵愛的，兒子才需要經常教育。因為，男孩子長大了要獨當一面，要承擔起各種重任。」父親慈祥地對她說。

我去看康得茂，發現他正看著阿珠，眼睛一動也不動。

我頓時有些肯定自己的猜測了，心想：這件事情得早些提醒他才是，免得今後下不來台。於是，我咳嗽了一聲，然後對康得茂道：「得茂，駕駛員在下面等久了沒事吧？」

「哦，是啊，我晚上還得去幾個地方呢。馮叔叔，我祝您春節愉快，身體健康，今後有空我再來看您。對了，我特地給您買了個小禮物，希望您能夠喜歡。」他說著，隨即從身上拿出一個盒子來。

我發現，他手上的那個盒子非常精美、厚重，頓時知道這東西價值不菲，急忙問道：「得茂，這是什麼啊？」

他笑道：「一份心意，請馮叔叔笑納。我和馮笑是同學，更是朋友，我這個當晚輩的給長輩表示一下心意，總是應該的吧？」

「什麼東西？這麼沉？」父親隨即打開盒子，頓時驚訝了，「小康，你怎麼知道我和馮笑媽媽的屬相？」

我也看到了盒子裏的東西，原來是兩隻金燦燦的，用黃金製成的生肖馬和狗。每只至少有五十克以上。

「得茂，你這東西太貴重了。」我說。

「馮笑，我也不知道該給兩位老人家買什麼好。後來，我通過家鄉的朋友瞭解到馮叔叔和你媽媽的生日，於是就去定做了這兩樣東西。也不值什麼錢，就是我的一點心意。」他笑道。

「這太貴重了，我可不敢收。」父親說。

「馮叔叔，您千萬別這樣說。就是我的一點心意。馮叔叔，其實我很瞭解您，您這人一輩子廉潔。不過，您放心，我的錢可是乾乾淨淨的。呵呵！馮叔叔，我得走了，常書記可是給我交辦了拜年任務的呢。」康得茂說著便站了起來。

父親依然很為難的樣子。

我心想，康得茂都把話說到這個地步了，再拒絕就不好了，於是對父親說道：「這是得茂的一片心意，您就收下吧。」

父親苦笑著說：「小康，你這孩子，真大方。馮笑，你送送他吧。」

康得茂站起來朝父親鞠了一躬，隨即去看了阿珠一眼，「阿珠，新年快樂。」

「進來這麼久了，才對我說這句話，過分了吧？」阿珠說，隨即笑了起來。

康得茂的臉頓時紅了，「不是還沒過春節嗎？什麼時候說都一樣的。」

我在旁邊笑著去打開了房門。

「馮笑，你家裏怎麼有一股藥味？」他忽然問我道。

「我老婆被我接回來了。」我說。

「怎麼不早說？我去看看。」他急忙地道。

我搖頭，「別去看了。她一直處於昏迷的狀態。」

他不禁歎息，「唉！你呀，夠你受的了。」

出了家門，我對康得茂道：「你傢伙，過分了啊。」

「應該的。」他說道，隨即歎息，「馮笑，說實話，我真的很感激你。今天我的收獲太大了，你父親的話讓我很受教育。」

「得，我們之間就不要這麼客氣了吧？老爺子有些人來瘋，見到晚輩的時候話就多，你別介意。」我說。

「馮笑，你錯了。你應該感到幸運。」一個人能夠有這樣一位父親，是一件非常幸運和幸福的事情。人生中很多道理是需要長輩們教給我們的，如果全部靠我們自己去領悟，那就太蹉跎了。」他隨即正色對我道。

我點頭，同時默然。

「你別送我了，我自己下去就是。春節後，我們找時間聚聚。」他隨即又道。

我急忙拉住了他，「得茂，你是不是很喜歡阿珠？」

「什麼啊？」他愕然地看著我，臉卻已經紅了。

我笑，「你傢伙，我都看出來了。不過，我告訴你啊，別花這心思。我問過阿珠了，她說不可能。你別介意，我是擔心你用情過深難以自拔，所以，才覺得早些提醒你好。」

他一怔，隨即歎息道：「馮笑，你提醒得對。我這樣一個二婚男人，哪裏有資格去追求她啊？」

「好男兒何患無賢妻？你別著急，我替你物色一下。」我說道。

他頓時笑了起來，「你少在我面前這樣。我知道你是想勾起我的好奇心。馮笑，我才不會上你的當呢。」

我哭笑不得，「當然不是。」

我瞪著他，「得茂，我怎麼覺得，自己有一種上當的感覺啊？我給你介紹女朋友，怎麼變成了我在求你似的？」

他大笑，閃進了電梯，「本來就是你在求我。說實話，我真的不想和你的病人談戀愛。」

電梯門關上了，我站在外邊苦笑：這傢伙！

請續看《帥醫筆記》之十一　詭秘投資

帥醫筆記 之10 層層隱秘

作者：司徒浪
發行人：陳曉林
出版所：風雲時代出版股份有限公司
地址：105台北市民生東路五段178號7樓之3
風雲書網：http://www.eastbooks.com.tw
官方部落格：http://eastbooks.pixnet.net/blog
Facebook：http://www.facebook.com/h7560949
信箱：h7560949@ms15.hinet.net
郵撥帳號：12043291
服務專線：(02)27560949
傳真專線：(02)27653799
執行主編：風雲編輯小組
美術編輯：風雲編輯小組

法律顧問：永然法律事務所 李永然律師
北辰著作權事務所 蕭雄淋律師

版權授權：蔡雷平
初版日期：2015年11月
初版二刷：2015年11月20日
ISBN：978-986-352-207-2

總 經 銷：成信文化事業股份有限公司
地　　址：新北市新店區中正路四維巷二弄2號4樓
電　　話：(02)2219-2080

行政院新聞局局版台業字第3595號 營利事業統一編號22759935

定價：280元　特價：199元

國家圖書館出版品預行編目資料

帥醫筆記 ／ 司徒浪著. -- 初版-- 臺北市：風雲時代，
2015.06 -- 冊；公分

ISBN 978-986-352-207-2（第10冊；平裝）

857.7　　104008026